사데크 헤다야트 Sadeq Hedayat

□번의 자살 시도 끝에 마침내 이상하고 낯선 □출하는 데 성공한 이란 현대문학의 거장 사 □트. 카프카에 버금가는 이 천재 작가는 테헤 □문에서 태어나 국비 장학생으로 프랑스에서 유학했으나 학업을 포기하고 문학에 짧은 생을 바쳤다. 파리에서 쓰기 시작해 7년 만에 완성한 『눈먼 올빼미』는 천년 넘게 운문만 존재해 온 페르시아 문학에 큰 파문을 던진 최초의 소설이며 최고의 문제작이다. 고독한 필통 뚜껑 장식사가 벽에 비친 올빼미 모양의 자신의 그림자에게 들려주는 이야기에는 속물들의 세계에서 살아가야 하는 고뇌와 풍자, 혐오와 절망이 가득하다. 그리고 어느 날, 방의 환기구를 통해 우연히 보게 된 뒤 그의 고통과 희망의 원천이 된 여인. 어떤 소설과도 다른 독특한 상상력과 눈부신 묘사, 생의 심연으로 번져 가는 어둠에 대한 초현실적이고 광기 어린 문체가 빛을 발한다. 어둡고 슬프지만 아름답고 감동적이다. 운명처럼 사후에야 찬사를 받게 된 사데크 헤다야트. 꼭 읽어야 할 20세기의 작품으로 선정되었지만 지금도 『눈먼 올빼미』는 이란에서 '위험한 책'으로 분류되어 출판이 금지되어 있다. 단지 정치적인 이유 때문이 아니라 책을 읽은 많은 사람들이 자살했기 때문이다.

눈먼 올빼미

Die blinde Eule

Kör Baykuş

盲目の梟

Ślepa sowa

Bufniţa oarbă

La lechuza ciega

Th

Kurudan Moonga

Sokea Pöllö

눈먼 올빼미

사데크 헤다야트

 Boof-e koor

بوف کور

공경희 옮김

lind Owl

연금술사

만약 모든 인간이 자신의 별을 가지고 있다면, 나의 별은 어둡고 멀리 떨어져 있음이 분명하다. 어쩌면 나는 처음부터 별을 가지고 있지 않았을지도 모른다.

— 사데크 헤다야트

작가와 작품에 대하여

이란의 가장 중요한 소설가 사데크 헤다야트('사데그 헤다야트'로도 표기함)는 1903년 테헤란의 귀족 가문에서 태어났다. 그의 부모는 18세기의 유명한 작가이자 시인인 레자 콜리 칸 헤다야트와 14세기 페르시아 시인 카말 쿠잔디의 후손이다.

헤다야트는 테헤란의 프랑스 가톨릭 학교 생 루이에 입학하면서 프랑스어뿐 아니라 유럽 문학 전반에 눈을 떴다. 이때부터 글을 쓰기 시작해 혼자서 학교 신문을 만들었으며, 이 신문에 〈죽을 무렵의 당나귀가 하는 침묵의 말〉이라는 자신의 글을 싣기도 했다. 18세가 되었을 때는 11세기 페르시아 시인 오마르 카이얌의 사행시집 『루바이야트』에 대한 글을 발표했다. "카이얌의 어두운 생각들, 삶의 허약함과 불완전성에 대한 그의 생각, 지식의 한계에 대한 자각, 특히 인간의 부조리와 주위 사람들의 위선에 대한 관찰이 그를 회의론자에서 염세주의자에 이르게 했다."

1925년 헤다야트는 몇 명의 이란 학생들과 함께 훗날 귀국해서 교사가 된다는 조건으로 국가 장학생으로 선발되어 유럽으로 유학을 떠났다. 처음에는 벨기에의 대학에서 엔지니어링을 공부했지만 나쁜 날씨와 교육 환경 때문에 1년 만에 포기하고 파리로 가서 건축학을 선택했다. 그리고 다시 건축학에서 치의학으로 전공을 바꾸었으나 고등수학의 어려움 때문에 결국 공부를 포기했다. 어떤 공부도 예술만큼 그의 관심을 끌지 못했으며, 학교를 다니는 대신 예술적인 장소들을 방문하며 시간을 보냈다. 이후 4년 동안 헤다야트는 파리에서 예술과 문학에 전념했다. 특히 이곳에서 세계문학과 유럽 문학을 접했다. 프란츠 카프카, 에드거 앨런 포, 도스토옙스키의 작품을 읽으며 고독 속에서 자의식이 깊어졌고 많은 시간을 삶과 죽음의 문제에 몰두했다. 특히 『말테의 수기』를 읽고 릴케가 죽음을 찬양하는 것에 깊은 감명을 받았다. 1927년에는 죽음에 대한 자신의 생각을 글로 쓰기도 했다. 심지어 그 해에 헤다야트는 파리 동쪽 센 강의 지류인 마른 강에 몸을 던져 자살을 시도했다. 그러나 다리 아래의 배에서 사랑을 나누던 젊은 커플에 의해 구조되었다. 명확한 자살 동기는 알려져 있지 않다. 마침내 헤다야트는 학업을 포기하고 학위도 받지 않은 채 1930년 테헤란으로 돌아왔다.

문학만으로 생활할 수 있는 시대가 아니었다. 헤다야트는 아버지

집에서 머물렀지만 자신의 생계를 해결하기 위해 짧은 기간 동안 다양한 직업을 거쳤다. 은행과 상공회의소 등에서 일했으나 지루하고 반복적이고 비생산적인 사무실 일에 맞지 않았다. "내가 일하는 곳에서 나는 특출한 사람이 아니었다. 상관들은 언제나 나의 일 처리에 불만족이었고, 내가 사표를 내면 내 뒷모습을 보며 행복해했다."

헤다야트는 또다시 일을 중단하고 서양 문학을 공부하고 이란의 역사와 전통문화를 연구하는 데 시간을 쏟았다. 짧은 문학 활동 기간에 그는 많은 단편과 중편, 희곡과 여행기 등을 썼다. 『생매장』 『세 방울의 피』 등의 대표 단편이 이 시기에 탄생했다. 또한 카프카와 사르트르의 작품을 이란어로 번역했다. 헤다야트에게는 몇몇 이란인과 유럽인 친구들이 있었으며, 그는 종종 집이나 근처 카페에서 그들과 모임을 가졌다. 그중 한 사람인 체코 작가 얀 리프카(『이란 문학사』의 저자)는 헤다야트를 처음 만난 인상을 이렇게 적었다.

"헤다야트는 체격이 날씬한 친구였다. 중간 키의 지적인 얼굴을 하고 있었다. 나는 그의 단순함, 따뜻한 미소, 정중한 위트, 다정하고 쾌활한 성격을 기억한다. 그는 만날 때마다 언제나 느낌이 같았다. 그의 작품들과 마찬가지로 늘 한결같은 성격의 소유자였다."

이란으로 돌아온 헤다야트는 그 시대의 사회 정치적인 문제에 고뇌하며 많은 사람을 희생시키는 군주제와 성직자들을 공격하기 시작했다. 글을 통해 그는 국민이 눈멀고 귀먹어 맹목적이고 둔감하게 되는 것은 이 두 권력 때문이라고 주장했다. 그럼으로써 주변 사람들과 관계가 멀어졌다. 하지만 차별과 탄압을 당하는 이들의 우울과 절망을 이야기하는 『카프카의 메시지』를 이 시기에 발표했다.

군주정치에 대한 반대, 그리고 변화를 두려워하는 사회에 대한 헤다야트의 비판은 기득권자들로부터 극단주의자라는 비난을 받았다. 함께 토론 모임을 결성했던 유학파 친구들이 정치적인 이유로 감옥에 갇히거나 피신하자 헤다야트도 1937년 인도로 떠났다. 오래전부터 불교와 배화교, 힌두교에 관심을 갖고 있던 터였다. 그해에 헤다야트는 뭄바이에서 불후의 명작 『눈먼 올빼미』를 완성하고 등사기로 밀어 출간한다. 헤다야트 연구가 빈센트 몽테이는 이 작품이 1930년 파리에서 완성되었으나 검열과 가족이 박해를 받을지 모른다는 두려움 때문에 출간이 미루어진 것이라고 주장한다. 이 작품은 헨리 밀러, 앙드레 브르통, 옥타비오 파스를 비롯한 많은 이들에게 극찬을 받았다. 또한 '페르시아어로 써진 가장 중요한 문학 작품 중 하나'로 자리매김되었다.

두 해에 걸친 인도에서의 생활은 행복하지 않았다. 언제나처럼 무일푼인 헤다야트는 친구의 신세를 져야만 했다. 또한 이란의 상황에서의 문학 활동에 대해 진정한 의문을 던질 수밖에 없었다. 작가로서의 삶이 주위에 적을 만들었을 뿐이라는 자괴감이 밀려왔다. 얀 리프카에게 보낸 편지에 헤다야트는 썼다.

"이제 나는 깨달았습니다. 내가 해 온 모든 일, 그리고 지금 하고 있는 일들 모두 부질없다는 것을. 최근에 나는 몇몇 동업자들과 새로운 사업을 시작할 생각에 들떠 있습니다. 작은 가게를 열 생각입니다. 그러나 그럴 만한 자금이 없군요. 지금 나에게는 완성된 원고가 스무 편쯤 되지만 당분간 출판될 가능성은 없어 보입니다."

헤다야트가 인도로 간 것은 정부의 박해를 피하기 위함도 있었지만 집필에 몰두하기 위해서였다. 생활의 어려움에도 불구하고 인도에서는 정부의 검열이나 간섭 없이 자유롭게 글을 쓸 수 있었으며, 그것의 결과가 『눈먼 올빼미』로 나타났다.

글 쓰는 실력도 늘었고 철학적, 사회적, 정치적 주제에 대한 안목도 깊어졌다. 『눈먼 올빼미』에서 헤다야트의 문학은 정점에 이르렀다. 그러나 인도에서 돌아온 그는 이란의 상황이 전보다 나빠진 것에 절망했다. 문학잡지 한 권 발간되지 않는 나라였다. 연합군의 공격으로 독재자 레자 샤가 물러나자 헤다야트는 새로운 열린사회를 환영했다. 그러나 결국 그의 낙관주의는 염세주의로 바뀌었다.

"그의 모든 노력은 무의미했다. 그는 자신이 왜 달리며 어디로 가는지 알지 못했다. 앞으로도 갈 수 없고 뒤로도 갈 수 없었다. 그는 숨이 차서 혀를 빼고 달리기를 멈추었다. 그의 눈이 어두워졌다. 고개를 숙이고 간신히 길 한가운데 몸을 뉘었다. 들판 가장자리 웅덩이 근처의 축축하고 뜨거운 모래 위에 배를 깔고서. 결코 거짓말을 하지 않은 자신의 본능으로 그는 느꼈다. 자신이 다시는 그 장소를 떠날 수 없으리라는 것을."(1942년 작 『들개』 중에서)

1946년, 마지막 소설 『파르다(내일)』가 발표되었다. 그 내일은 좀처럼 오지 않았고, 그의 불안한 날들은 아편과 술의 그림자로 더욱 흔들렸다. 1940년대 말에 이르자 실질적인 어떤 것도 생산할 수 없음이 분명해졌다. 헤다야트는 자신의 작품에 대해 모욕적인 비판이 예술적인 비판을 대체하는 것에 좌절감을 느꼈다. 대중이 기대하는 문학 작품을 창조할 수 없다는 것이 그를 점점 깊은 우울증에 빠지게 했다. 그는 대부분의 시간을 카프카와 유럽 작가들의 작품을 번역하며 보냈다. 그리고 그 후 3년 동안은 아무것도 하지 못했다. 사회 상황도 달라지지 않았으며, 그는 몹시 불안해졌다. 오랜 친구 자말자데에게 보낸 편지에 썼다.

"문제의 핵심은 내가 이 모든 것에 지쳤다는 거야. 나는 범죄자로 선고받은 자보다 훨씬 나쁜 상황에서 밤을 보내고 있네. 나는 삶에 지쳤어. 나는 더 이상 나를 속일 수 없어."

1950년, 그는 마침내 이란을 떠나 파리로 돌아가기로 결심했다. 그러나 2차 세계대전 후의 파리는 1920년대에 그가 경험한 파리가 아니었다. 전에 자신이 자주 가던 장소들을 방문했지만 그는 더 절망했고 더 깊은 우울과 자기 파괴의 상태로 자신을 몰아갔다. 그리고 1951년 4월 4일, 결국 마지막 결심을 했다. 이 모든 불행과 고독과 약물 중독과 두려움을 끝내기로. 그는 다시 자살을 시도했고, 이번에는 성공했다. 생을 마칠 무렵 그는 이미 이란의 가장 중요한 소설가로 인정받고 있었다. 헤다야트는 예민한 사람이었다. 이란을 떠나면서 늙은 부모에게 작별 인사도 하지 못했으며, 자신의 조국에 대한 헌신의 표시로 흙 한 줌을 가방에 담았다.

1951년 4월, 헤다야트는 파리 샹피오네 가 37번지의 작은 임대 아파트에서 가스 밸브를 열었다. 창문과 문의 틈새는 솜으로 막았으며, 누구에게도 부담 주지 않기 위해 수의와 매장에 필요한 돈을 쉽게 찾을 수 있도록 지갑에 넣었다. 48세의 나이였다. 그는 그렇게 삶의 고통으로부터 자신을 놓아주었다. 그리고 파리의 페르 라쉐즈 묘지 공원 85구역에 묻혔다. 장례식에는 이란인과 프랑스인 친구들과 가까운 지인들이 참석했다. 사후에 헤다야트는 20세기 아랍을 움직인 50인에 선정되었다.

광기와 절망의 풍경이 초현실주의적으로 전개되는 소설 『눈먼 올빼미』는 작가가 파리에 머물던 시기인 27세에 쓰기 시작해 인도 뭄바이에서 자비 출판하기까지 7년이 걸린 작품이다. 헤다야트는 첫 쇄를 유럽에 있는 친구들에게 보내며 책에다 '이란에서는 출간하지 말 것'이라는 도장을 찍었다. 필통 뚜껑에 그림을 그리는 화가인 주인공은 잠과 깨어 있음, 광기와 제정신 사이의 중간 지대에 갇힌 고뇌에 찬 젊은 예술가이다. 그가 올빼미 모양의, 벽에 비친 자신의 그림자에게 들려주는 이야기가 소설의 내용이다.

"삶에는 서서히 고독한 혼을 갉아먹는 궤양 같은 오래된 상처가 있다." 이 첫 문장은 거의 『눈먼 올빼미』의 요약이라고도 할 수 있다. 소설은 두 부분으로 이루어져 있다. 첫 번째 부분은 주인공과 천사와도 같은 수수께끼의 여인이 관련된 현재의 이야기이다. 어느 날 그는 작은 방의 환기구를 통해 우연히 바깥에 서 있는 한 여인을 보게 된다. 그의 삶의 영감인 동시에 절망의 원천이 되어 버린 관능적이고 위험한 그 여인은 사이프러스 나무, 그 아래 웅크리고 앉은 노인과 함께 반복해서 그의 앞에 나타난다. 끝없이 되풀이되는 환영에 홀린 그는 욕망과 공포의 강박증에 시달린다. 어느 날 그 여인이 갑자기 그의 방으로 들어와 죽음을 맞이한다. 그는 그녀의 시신을 가방에 담아 등이 굽은 노인의 도움으로 고대 도시의 유적지에 매장한다. 이 등 굽은 노인은 명백히 화자의 또 다른 자아이다.

소설의 두 번째 부분에서는 먼 과거로 돌아간 이야기가 완전히 다른 내용으로 교묘히 반복된다. 그 고대 도시에서 살고 있는 주인공과 결혼한, 타락한 천사와도 같은 아내는 그와의 잠자리를 거부하고 그 변장한 노인과 밀애를 나눈다. 결국 주인공인 화자가 여인을 살해하는 결말로 치닫는다. 주인공은 열에 들뜬 악몽 속에서 말한다. "죽음이 존재한다는 사실 하나가 모든 헛된 상상들을 물리친다. 우리는 죽음의 자식들이며, 우리를 삶의 속임수에서 구원하는 것도 죽음이다. 생의 한가운데에서 죽음은 우리를 초대하고 자기에게 오라고 부른다. 아직 인간의 언어를 배우지 않은 나이에, 가끔 놀이를 멈추면 우리는 죽음의 목소리를 듣는다……. 생을 살아가는 동안 내내 죽음은 우리에게 손짓한다." 이 작품의 원형에 대해서는 셰익스피어의 『햄릿』, 장 폴 사르트르의 『구토』, 프란츠 카프카의 『변신』, 그리고 라이너 마리아 릴케의 작품과 비교하는 많은 평론이 발표되었다.

천 년 넘게 운문만이 존재하던 페르시아 문학에 최초로, 그리고 가장 뛰어난 현대 소설을 선물한 『눈먼 올빼미』는 독재 정권 치하의 이란에서는 출판이 금지되었다가 1941년에야 비로소 테헤란의 일간지에 연재되었다. 그리고 즉각적으로 강렬한 반응과 논란을 불러일으켰다. 그러나 또다시 출간 금지되어 오늘날까지 해금되지 않고 있다. 2006년 헤다야트의 작품들은 또다시 이란 정부에 의해 금서로 지정되었다.

차 례

i

삶 에 는 서 서 히 고 독 한 혼을 갉아먹는 궤양 같은 오
래된 상처가 있다.

이 상처의 고통이 어떤 것인가 타인에게 이해시키는 일은 불가
능하다. 일반적으로 사람들은 이런 믿기 어려울 정도의 고통을
'평범하지 않은 일'로 치부해 버리는 경향이 있다. 누군가 이 고통
에 대해 설명하거나 글을 쓴다고 해도 사람들은 세상의 상식이라
든가 자신의 개인적인 믿음을 기준으로 의심하거나 냉소적인 태
도로 그것을 대하려고 한다. 그런 몰이해의 원인은 인류가 아직
이 병에 대한 치료법을 발견하지 못했기 때문이다. 술을 마신다든
가, 혹은 아편이나 마약의 힘을 빌어 인위적인 잠에 빠져 고통을
잊는 것만이 이 병의 유일한 특효약이다. 그러나 아쉽게도 그러한

종류의 약이 주는 효과는 일시적인 것에 지나지 않는다. 어떤 시점이 지나면, 고통이 완화되기는커녕 오히려 심화될 뿐이다.

일상적인 경험을 초월한 이 병의 비밀을 어느 누가 파헤칠 수 있을까? 잠을 자는 것도 깨어 있는 것도 아닌, 죽음과 부활 사이의 혼수상태에서만 모습을 드러내는 이 마음의 그림자를?

여기서는 이 병의 한 가지 예를 기록해 두려고 한다. 그것은 나자신에게 일어난 일로, 나의 존재 전체를 뒤흔들어 놓은 사건이었다. 나는 그 일을 결코 잊을 수 없을 것이다. 그것이 남긴 지독한 상흔은 내가 살아 있는 한 언제까지나 상상을 뛰어넘을 정도로 내 삶을 중독시켰다. 나는 '중독시켰다'고 썼다. 차라리 그 이후로 내 마음에 불의 낙인이 찍혔으며 앞으로도 영원히 그 낙인을 안고 살 것이라고 말할 것을.

내가 기억할 수 있는 것, 어떤 일들에 관련해 내 마음에 남아 있는 것을 여기에 적어 내려갈 것이다. 어쩌면 나는 그것에 대해 하나의 종합적인 판단을 내릴 수 있을지도 모른다. 아니, 할 수 있다고 말한다면 너무 지나친 기대일 것이다. 그저 남들이 내 이야기를 믿어 주기를, 혹은 적어도 나 스스로 납득할 수 있게 되기를 바랄 뿐이다. 나의 유일한 두려움은 나 자신을 알지도 못한 채 내일 죽을지도 모른다는 것이다. 삶의 여정에서 나는 나와 타인들 사이에 가로놓인 두려운 심연을 발견했다. 그리고 내가 할 수 있는 최선의 길은 침묵하는 것임을 깨달았다. 가능한 한 오래 나의 속마음을 남에게 발설하지 않는 것임을. 이제 만일 내가 글을 쓰겠다고 결심했다면, 그것은 단지 내 그림자에게 나를 드러내기 위해서일 뿐이다. 지금 이 순간 그 그림자는 내가 쓰는 모든 단어들을 걸신들린 듯 먹어치울 자세로 벽에 드리워져 있다. 내가 이 글을 쓰려고 하는 것은 오로지 그 그림자를 위해서이다. 누가 아는가? 우리가 서로를 더 잘 알게 될지. 인간들과 연결되어 있던 마지막 유대의 끈을 끊어 버린 이후, 나에게 남은 단 하나의 욕망은 나 자신을 더 잘 아는 일이었다.

얼마나 부질없는 생각인가! 어쩌면 그럴지도 모른다. 그러나 그런 생각들이 어떤 현실보다 더 지독하게 나를 고통스럽게 한다. 나처럼 생긴, 겉으로 보기에 나와 똑같은 필요와 욕망을 지닌 것 같은 다른 사람들은 단지 나를 속이기 위해 존재하는 것일까? 그들은 그저 나를 조롱하고 기만할 목적으로만 존재하는 한 줌 그림자들에 불과할까? 내가 느끼고 보고 생각하는 모든 것이 완전히 상상에 지나지 않는 것일까? 현실과는 전혀 다른?

나는 단지 내 그림자를 위해 이 글을 쓰고 있다. 지금 그 그림자는 등잔의 불빛을 받아 벽에 드리워져 있다. 나 자신을 그에게 알려야만 한다.

비 참 함 과 고 통 만 이 지배하는 이 비루한 세상에서
단 한 번 한 줄기 햇살이 내 삶에 비쳐 들어온 적이 있었다. 아니,
그것은 햇빛이 아니었다. 스쳐 지나가는 어슴푸레한 빛, 하나의
별똥별이었다. 그것은 여인의 형상으로, 아니면 천사의 형상으로
내 삶을 비추었다. 그 빛 속에서, 그 찰나의 한 순간 속에서, 나는
보았다. 초라하기 짝이 없는 나의 존재를. 그리고 그 별의 광채와
찬란함을. 후에 그 밝음은 사라질 수밖에 없는 어둠의 소용돌이
속으로 다시 자취를 감추었다. 나는 그 스쳐 지나가는 빛을 붙잡
을 수가 없었다.

그녀가 나의 시야에서 사라진 지 석 달이, 아니 정확히 두 달
하고 나흘이 흘렀다. 하지만 그녀의 마법 같은 두 눈에 대한 기억

은, 그 눈의 치명적인 광채는 언제나 내게 남아 있다. 내가 어떻게 그녀를 잊을까? 내 존재와 그토록 밀접한 관계가 있는 그녀를.

아니, 그녀의 이름은 결코 말하지 않으리라. 이 세상 것이 아닌 듯한 그녀의 가냘프고 희미한 형상, 불가해하게 반짝이는 그녀의 커다란 눈. 그 깊은 곳에서 내 삶이 천천히 그리고 고통스럽게 타들어가고 녹아 없어진 그 눈. 그 눈과 함께 이제 그녀는 더 이상 이 비루하고 잔인한 세계에 소속되어 있지 않다. 그렇다, 절대로 안 된다. 세속적인 것들과 연관시켜서 그녀의 이름을 더럽혀서는 안 된다.

그녀가 떠나간 후, 나는 사람들과 어울리는 것을 중단했다. 어리석고 성공한 체하는 자들과 더 이상 만나지 않았다. 그리고 모든 것을 잊기 위해 술과 아편 속으로 도피했다. 내 삶은 내 방의 네 개의 벽 안에서 흘러갔으며 지금도 흘러간다. 내 모든 삶이 그 네 개의 벽 안에서 흘러갔다.

나는 필통 뚜껑에 그림을 장식하는 일을 하며 하루를 보내곤 했다. 아니, 더 정확히 말하면, 술과 아편에 취하지 않은 시간에는 필통 장식사 일을 하며 보냈다. 내가 필통 장식사라는 우스꽝스러운 직업을 선택한 것은 오직 나 자신을 둔감하게 만들고, 어떻게든 시간을 죽이기 위해서였다.

내가 사는 집이 도시 외곽의 변두리에 위치해 있다는 것은 행운이다. 소란스럽고 복잡한 삶들로부터 멀리 떨어진 조용한 지역이다. 완전히 외져서 주위에는 폐허가 있다. 다만 도랑 저쪽 끝에 진흙 벽돌로 지은 야트막한 집들이 여러 채 보일 뿐이다. 그 집들이 도시의 끝자락 경계선이다. 언제 지어졌는지 모를 그 낡은 집들은 분명 멍청하거나 얼빠진 인간들이 지었을 것이다. 나는 눈을 감고도 그 집들의 구조를 자세히 떠올릴 수 있다. 뿐만 아니라 그 집들의 무게가 내 어깨를 짓누르는 것 같은 느낌을 받는다. 그 집들은 오래된 필통의 뚜껑 장식에서나 발견할 수 있을 법한 그런 집들이다.

내 이야기의 모든 가닥들을 풀어내기 위해서는 어쩔 수 없이 이 모든 것을 종이 위에 적어야만 한다. 벽에 드리워진 나의 그림자를 위해 이 모든 것을 설명할 수밖에 없다.

그렇다, 과거에는 나에게 유일한 위안거리가, 보잘것없는 하나의 위안거리가 남아 있었다. 내 방의 네 개의 벽 안에서 나는 필통들에 그림을 그렸고, 그럼으로써 이 우스꽝스러운 직업 덕분에 가까스로 하루를 보낼 수 있었다. 그러나 그 두 눈을 보는 순간, 그녀를 보는 순간, 어떤 일에 대해서도 나는 의미를 상실했다. 모든 만족감, 모든 가치를 잃어버렸다.

나는 이상하고 믿기 어려운 이야기를 할 것이다. 나로서는 알 수 없는 어떤 이유 때문에 내 모든 그림의 소재는 처음부터 한 가지뿐이었다. 그림마다 다 똑같았다. 늘 사이프러스 나무 한 그루가 있고, 그 나무 아래 인도 탁발승처럼 생긴 구부정한 노인이 웅크리고 앉아 있었다. 그는 긴 외투를 몸에 걸치고 머리에는 터번을 둘렀다. 그리고 왼손 검지로 자신의 입술을 누르며 놀란 몸짓을 했다. 노인 앞에는 긴 검은 옷을 입은 처녀가 서 있었다. 그녀는 노인에게 몸을 기울여 그에게 나팔꽃 한 송이를 건네주었다. 두 사람 사이로는 작은 실개천이 흘렀다. 이 그림 속 장면을 나는 과거 언젠가 본 적이 있었을까? 아니면 꿈속에 나타난 장면이었을까? 알 수 없다. 내가 아는 것은 필통에 그림을 그리려고 앉을 때마다 동일한 구도에 동일한 주제를 재현하게 된다는 것뿐이었다. 나의 의지와는 별개로 내 손은 언제나 같은 장면을 묘사했다. 가장 기이한 일은, 이런 내 그림을 사는 고객들이 있다는 사실이었다. 심지어 나의 숙부를 통해 필통 몇 개를 인도로 보내기도 했다. 숙부는 그것들을 팔았고, 그 돈을 송금해 주었다.

이 그림의 주제가 나에게는 언제나 멀게 느껴지면서 동시에 묘하게도 익숙했다. 잘 기억나지는 않는다…… 기억하는 이 모든 것들을 글로 남겨야 한다고 나 자신에게 말했던 것이 기억난다. 그러나 그 일은 훨씬 뒤에 일어났고, 내 그림의 주제와는 아무 관계가 없다. 게다가 그 경험의 결과로 나는 그림을 완전히 중단했다. 그것이 두 달 전, 아니 정확히 두 달 하고 나흘 전의 일이다.

그날은 노루즈(이란의 설날로, 3월 21일 시작해 13일간 계속됨. 마지막 날에 시골로 소풍 가는 풍습이 있음)의 13일째 되는 날이었다. 사람들 모두 시골 나들이를 떠났다. 나는 그림 작업에 집중하기 위해 방의 창문을 닫아 두었다. 땅거미가 지기 직전이었다. 계속해서 작업을 하고 있는데 갑자기 문이 열리면서 숙부가 방 안으로 들어왔다. 다시 말해, 그는 자신이 나의 숙부라고 말했다. 숙부는 아주 젊어서부터 줄곧 외국에 있었기 때문에 나는 그때까지 그를 한 번도 본 적이 없었다. 그가 배의 선장이라고 들었던 기억이 나는 듯도 하다. 나는 그가 나와 사업상 의논할 것이 있나 보다고 추측했다. 그가 장사에도 관심이 있는 사람이라는 것을 알고 있었기 때문이다. 어쨌든 숙부는 구부정한 노인이었고, 머리에 인도식 터번을 두르고 색바랜 누런 외투를 걸치고 있었다. 목에 두른 목도리에 얼굴 일부가 가려져 있었으며, 셔츠가 열려 털이 난 가슴팍이 드러났다. 목을 감싼 목도리 위로는 수염이 몇 올인지 헤아릴 수 있을 정도로 성글게 나 있었다. 눈꺼풀에는 붉은 염증이 있고 입술은 언청이였다. 그는 왜곡된 거울에 비친 상처럼 애매하고 코믹하게 나와 닮은 데가 있었다. 내가 늘 상상하던 아버지의 모습 그대로였다. 숙부는 방 안으로 들어오자 곧장 맞은편 벽 쪽으로 가로질러 가더니 바닥에 웅크리고 앉았다. 나를 찾아와 준

답례로 그에게 마실 것을 대접해야 한다는 생각이 들었다. 나는 등잔에 불을 켜고 내 방에 연결된 작은 곁방으로 들어갔다. 숙부에게 대접할 만한 것이 있기를 바라면서 나는 그 방을 샅샅이 뒤졌다. 하지만 집에 그럴 만한 것이 없음을 나는 알고 있었다. 아편이나 술도 남아 있지 않았다. 문득 벽의 선반 위로 눈이 갔다. 갑자기 영감이 떠올랐다. 선반에는 나의 부모님이 물려준 오래된 포도주 한 병이 놓여 있었다. 내가 태어난 날을 기념해 담근 포도주라고 들은 기억이 난다. 그것이 맨 위쪽 선반에 놓여 있었다. 그 포도주에 대해서는 별로 생각해 본 적도 없었고, 집에 그런 것이 있다는 사실도 까맣게 잊고 있었다. 선반이 높았기 때문에 나는 마침 그곳에 있던 의자 위로 올라섰다. 술병에 손을 뻗다가 나는 우연히 선반 위쪽의 환기구를 통해 밖을 내다보게 되었다. 내 방 바깥의 공터에 한 구부정한 노인이 사이프러스 나무 아래 앉아 있었다. 그리고 그의 앞에는 젊은 여성이, 아니 천상에서 내려온 천사가 서 있었다. 그녀는 앞쪽으로 몸을 기울여 오른손에 든 파란색 나팔꽃 한 송이를 그에게 내밀었다. 노인은 왼손 검지 손톱을 물어뜯고 있었다.

처녀는 바로 내 맞은편에 있었지만 주위를 전혀 의식하지 못하는 듯했다. 특별히 어떤 것을 쳐다보는 것도 아닌 채로 앞쪽을 응시하고 있었다. 그녀는 마치 그곳에 없는 누군가를 생각하는 듯

은연중에 입술에 흐릿한 미소가 번져 있었다. 바로 그때였다. 내가 처음으로 그 무섭고 불가사의한 눈을 본 것은. 그 눈은 인간들을 몹시 나무라는 듯했다. 불안과 경이감이 깃든 눈빛, 위협과 약속이 담긴 눈빛. 그 순간, 많은 의미를 가진 그 빛나는 눈 속으로 내 존재가 빨려 들어가 그 눈 깊은 곳에 가라앉았다. 그 자석 같은 거울이 상상도 할 수 없는 힘으로 내 온 존재를 자신 쪽으로 잡아당겼다. 그 눈은 위로 치켜 올라간 투르크멘 족(투르크메니스탄 지방의 터키 부족. 이란에도 큰 거주 집단이 있음)의 눈처럼 초자연적이고 홀리는 듯한 광채를 내뿜었다. 누구에게도 보이지 않지만 그녀 혼자에게만 보이는 어떤 무섭고 초현실적인 것들을 보고 있는 것처럼 두려우면서도 매혹적인 눈이었다. 그녀는 광대뼈가 도드라져 있고 이마는 높았다. 가느다란 눈썹이 미간에서 만나 있었다. 도톰한 입술은 마치 방금 길고 격정적인 입맞춤을 했지만 아직 미흡한 듯 반쯤 벌어져 있었다. 달처럼 창백한 얼굴 옆으로 헝클어진 검은색 머리가 흘러내리고, 관자놀이에 머리카락 한 올이 붙어 있었다. 가느다란 팔다리와 공기처럼 구속받지 않는 동작은 그녀가 이 세상 속에서 결코 오래 살 수 없는 운명임을 암시했다. 힌두 사원의 춤추는 무희가 아니고서는 그토록 균형 잡힌 우아한 몸놀림을 할 수가 없었다.

기쁨과 슬픔이 교차하는 분위기 때문에 그녀는 평범한 인간들과는 다른 존재로 보였다. 그녀의 아름다움은 특별함 그 자체였다. 내가 아편에 취해 자면서 본 하나의 환영을 떠올리게 했다. 그녀는 내 안에 뜨거운 열정을 불러일으켰다. 맨드레이크(마법 의식에서 사용되어 온 최음제 식물. 뿌리가 둘로 나뉘며 사람의 하반신 모습을 하고 있어서 아랍인들은 작은 남자 악령이 이 식물에 산다고 믿었음) 뿌리로 불을 붙인 것 같은 열정을. 그녀의 길고 가느다란 몸매, 어깨와 팔과 가슴과 허리와 엉덩이와 다리의 조화로운 선들을 보고 있자니 마치 그녀의 남편에게서 분리된 듯한, 마치 수컷의 팔에서 뽑혀진 암컷 맨드레이크 뿌리 같았다.

그녀는 몸에 달라붙은 검은색 주름 옷을 입고 있었다. 나는 그녀를 바라보면서, 그녀가 노인과의 사이에 가로놓인 실개천을 건너뛰고 싶어 하지만 그렇게 하지 못하고 있다는 확신이 들었다. 그때 갑자기 노인이 웃음을 터뜨렸다. 공허하고 귀에 거슬리는 웃음이었다. 온몸의 털이 곤두서게 만드는, 듣기 싫고 사악하고 비웃음 섞인 웃음이었다. 그러나 그의 얼굴 표정에는 변화가 없었다. 웃음이 그의 몸속 깊은 곳 어딘가에서 울려 퍼지고 있었다.

나는 겁에 질려서 포도주 병을 손에 들고 얼른 의자에서 내려왔다. 몸이 떨렸다. 공포스럽지만 기분 좋은 꿈을 꾸었을 때와 마찬가지로 두려움과 기쁨이 뒤섞인 상태의 떨림이었다. 나는 포도주 병을 바닥에 내려놓고 양손으로 머리를 감쌌다. 몇 분을, 몇 시간을 그렇게 있었는지 모른다. 마침내 정신이 들어 포도주 병을 집어 들고 방으로 돌아갔다. 숙부는 가 버리고 없었다. 문이 죽은 자의 입처럼 반쯤 열려 있었다. 노인의 공허한 웃음소리가 여전히 내 귓속에서 울려 퍼졌다.

날이 어두워지고 있었다. 등잔이 그을음을 내며 타고 있었다. 조금 전 내가 경험한 기분 좋으면서도 공포스러운 떨림의 파문이 아직도 느껴졌다. 그 순간부터 내 삶의 흐름이 바뀌었다. 천상에서 내려온 천사, 이 세상 사람 같지 않은 그녀를 한 번 일별한 것만으로도 그녀의 존재가 내 안에 각인되었다. 어떤 인간의 마음도 이해할 수 없는 깊고 깊은 자국이.

그 순간 나는 황홀경 상태에 빠져들었다. 오래전부터 내가 그녀의 이름을 알고 있었던 것만 같았다. 그녀의 눈에 어린 빛, 그녀의 얼굴빛, 그녀의 몸에서 나는 향기, 그녀의 동작, 그 모든 것이 나에게 익숙하게 느껴졌다. 마치 꿈의 세계 속 어느 생에선가 나의 영혼이 그녀의 영혼과 함께 살았던 적이 있는 것만 같았다. 우리의 영혼이 같은 뿌리에서, 같은 종에서 나온 듯했다. 그래서 우리가 다시 합쳐져야만 하는 것은 필연적인 일이었다. 이 생에서 내가 그녀 가까이 가는 것은 하나의 필연이었다. 그녀를 만지고 싶은 욕망은 결코 없었다. 우리의 육체에서 나와 한데 섞이는 그 보이지 않는 빛만으로도 접촉은 충분했다. 처음 보았는데도 그녀가 낮익게 느껴지는 것이 이상한 일이긴 했다. 그러나 연인들은 처음 만났는데도 전에 만난 적이 있는 듯한, 두 사람 사이에 오래전부터 신비로운 끈이 존재해 있었던 듯한 느낌을 자주 경험하지 않는가? 이 비루한 세상에서 내가 욕망하는 단 한 가지는 그녀의 사랑이었다. 그 사랑이 나를 거부한다면 나는 다른 누구의 사랑도 원치 않았다. 그녀 아닌 다른 이가 내 가슴에 흔적을 남기는 일이 가능할 것인가? 그러나 귀에 거슬리는 노인의 공허한 웃음, 그 사악한 웃음소리가 우리를 묶은 끈을 끊어 버렸다.

그날 밤 나는 잠을 이루지 못하고 그런 것들을 생각했다. 몇 번이나 벽의 환기구로 가서 밖을 내다보려고 했지만 그럴 때마다 노인의 웃음소리에 대한 두려움이 나를 뒷걸음질 치게 만들었다. 다음날도 나는 다른 생각을 전혀 할 수 없었다. 그녀를 보고 싶은 마음을 과연 끝까지 억누를 수 있을까? 마침내 사흘째 되는 날, 나를 사로잡고 놓아 주지 않는 두려움에도 불구하고 나는 포도주 병을 제자리에 갖다 두기로 마음먹었다. 커튼을 옆으로 젖히고 작은 방을 들여다보자 내 삶을 감싼 어둠만큼이나 어둡고 장식 없는 벽이 눈에 들어왔다. 그곳에 환기구나 창문의 흔적은 전혀 존재하지 않았다. 네모난 구멍은 완전히 메워져, 아예 존재하지도 않았던 것처럼 벽면과 하나가 되어 있었다. 나는 의자에 올라서서 주먹으로 벽을 두드리고, 귀를 세워 소리를 들어보았다.

등잔을 들고 자세히 벽을 살펴보았지만 구멍이 있던 흔적은 어디에도 찾을 수가 없었다. 단단하고 두꺼운 벽을 주먹으로 치니 철판을 두드리는 것과 다르지 않았다.

다시 그녀를 보려는 희망을 어떻게 접을 수 있겠는가? 그것은 내 능력 밖의 일이었다. 그 이후로 나는 고뇌에 빠진 영혼이 되어 하루하루를 보냈다. 나의 모든 기다림, 그녀를 찾으려는 나의 모든 노력이 헛일이었다. 나는 집 부근을 샅샅이 뒤지고 다녔다. 범죄 현장을 다시 찾은 살인범과 다를 바 없었다. 하루도 아니고 이틀도 아니고, 두 달 하고도 나흘 동안, 매일 늦은 오후가 되면 목 잘린 닭처럼 집 주변을 돌아다녔다. 동네에 있는 바위 하나, 돌멩이 하나까지 알게 되었지만 사이프러스 나무의 흔적은 발견할 수 없었다. 실개천이나 그곳에서 목격했던 두 사람의 자취도 찾을 길이 없었다. 그 숱한 밤 동안 나는 달빛 어린 공터에 무릎 꿇고 앉아 나무들과 돌들과 달에게 애원하고 간청했다. 그 순간 그녀도 달을 바라보고 있을지 모르는 일이니까. 그렇게 모든 생명체들에게 도움을 청했지만 그녀의 흔적은 찾을 수가 없었다. 결국 나는 나의 모든 노력이 소용없음을 깨달았다. 그녀가 어떤 식으로든 이 세상의 것들과 연결된다는 것은 불가능한 일이기 때문이었다. 그녀가 머리를 감은 물은 미지의 샘에서 솟아나온 어떤 특별한 물일 것이다. 그녀의 옷은 평범한 실로 짜이지도 않았고 인간의 손으로 만들어지지도 않았을 것이다. 그녀는 전혀 다른 생명체일 것이다. 그 나팔꽃도 평범한 꽃이 아니었음을 나는 알아차렸다. 평범한 물과 접촉하면 그녀의 얼굴은 색이 바래 버릴 것이라고 나는 확신했다. 그리고 그녀의 길고 가는 손가락으로 평범한 나팔꽃을 꺾으면, 그 꽃은 떨어진 꽃잎들처럼 금방 시들어 버릴 것이라고. 이 모든 것을 나는 이해했다. 그 천사, 그 여성이 나에게는 경이의 원천, 말로 표현할 수 없는 영감의 원천이었다. 그녀의 존재는 너무도 미묘해서 묘사가 불가능했다. 그녀는 내 안에 깊은 숭배의 감정을 일으켰다. 어떤 낯선 자가, 어떤 평범한 남자가 그녀를 보았다면 그 시선만으로도 그녀는 시들어 무너져 버릴 것이라고 나는 믿었다.

그녀를 잃어버린 이후, 환기구가 막혀 버린 이후, 내 존재가 온통 무의미하게만 느껴졌다. 육중한 벽에 의해, 철판처럼 두꺼운 눅눅한 벽에 의해 그녀와 차단된 이후로. 다가올 모든 시간들 속에서 나의 길을 잃은 것만 같았다. 그녀의 부드러운 눈길, 그녀를 보고 있을 때 경험한 깊은 환희가 비록 순간적이고 일방적인 것이었다 할지라도—왜냐하면 그녀는 나를 보지 않았으니까—나에게는 그 눈길이 필요했다. 그녀가 나를 흘낏 쳐다보는 것만으로도 모든 철학적 고민과 신학적 수수께끼들이 단순해졌을 것이다. 그녀가 나를 흘낏 보는 것만으로도 나에게는 더 이상 어떤 신비와 비밀도 존재하지 않게 되었을 것이다.

이때부터 나는 술과 아편의 양을 늘렸다. 그러나 슬프게도 그런 절망의 치유책으로는 나의 정신을 무감각하게 만들고 마비시키는 것이 불가능했다. 아무리 해도 잊을 수가 없었다. 오히려 날이 갈수록, 시간이 갈수록 그녀에 대한 기억이, 그녀의 몸과 얼굴에 대한 기억이 내 마음속에서 전보다 더 뚜렷해졌다.

그녀를 어떻게 잊을 수 있겠는가? 눈을 떠도, 눈을 감아도, 잠을 자도, 잠에서 깨어나도, 그녀는 언제나 내 앞에 있었다. 인간의 정신과 이성을 휘감은 암흑의 밤 같은 작은 방, 그 방의 벽에 뚫린 구멍 저편에, 바깥세상을 내다보는 네모난 환기구 저편에 그녀는 언제나 내 눈 앞에 있었다.

나는 전혀 휴식할 수가 없었다. 어떻게 휴식을 즐길 수 있었겠는가?

매일 해 지기 직전에 산책을 나서는 것이 나는 습관이 되었다. 이유는 분명하지 않았지만, 그 작은 실개천과 사이프러스 나무를 찾고 싶은 마음이 간절했다. 나팔꽃 넝쿨도. 나는 아편에 중독된 것과 마찬가지로 산책에 중독되었다. 어떤 외부의 힘이 산책에 나서라고 나를 떠미는 것만 같았다. 걸으면서 나는 그녀에 대한 생각 속으로, 처음 그녀를 보았던 기억 속으로 빠져들곤 했다. 그리고 노루즈 13일째 날 그녀를 보았던 그 장소를 찾게 되기를 갈망했다. 만일 그 장소를 발견한다면, 만일 내가 그 사이프러스 나무 아래 앉을 수만 있다면, 분명히 평화를 얻으리라는 확신이 들었다. 그러나 불행하게도 잔해 더미와 뜨거운 모래, 말 뼈다귀, 개들이 쿵쿵대는 쓰레기밖에 없었다. 내가 정말로 그녀와 만나기는 한 걸까? 아니다. 환기구를 통해, 작은 방 벽에 뚫린 저주받은 구멍을 통해, 그녀를 몰래 은밀히 훔쳐본 것이 나에게 일이난 일의 전부였다. 나는 쓰레기 더미를 쿵쿵대며 파헤치는 굶주린 개와 다를 바 없었다. 사람들이 쓰레기를 버리러 오면 개는 달아나 숨었다가, 다시 와서 맛있는 음식 조각들을 찾기 시작한다. 내가 처한 상황이 그러했다. 그러나 지금 벽의 환기구는 막혀 버렸다. 나에게 그녀는 쓰레기 더미에 던져진 싱싱한 꽃다발과 같았다.

마지막 날, 나는 평소처럼 산책을 나섰다. 하늘이 낮게 드리워지고 가랑비가 내렸다. 주변 시골길에 짙은 안개가 내려앉았다. 가는 빗줄기 속에서 사물들의 색깔과 윤곽선이 부드러워졌다. 나는 해방감과 평온을 느꼈다. 마치 나의 어두운 생각이 비에 씻기는 것만 같았다. 그날 밤, 일어나서는 안 되는 일이 일어났다.

나는 주변을 전혀 의식하지 못한 채로 돌아다녔다. 그 고독한 시간, 얼마나 지났는지 모를 그 시간, 경외감을 느끼게 하는 그녀의 얼굴이, 마치 구름이나 안개 속에서 보듯이 불분명하고 필통 뚜껑의 그림에서 보듯 움직임이나 표정이 결여된 얼굴이 어느 때보다 분명하게 내 눈앞에 모습을 드러냈다.

집에 돌아올 무렵, 밤 시간이 꽤 흘렀다는 생각이 들었다. 안개가 더 짙어져서 발밑의 땅조차 보이지 않았다. 그럼에도 습관의 힘과 그동안 발달시킨 특별한 감각으로 집까지 오는 길을 찾을 수 있었다. 집의 입구에 다가서는데 문 밖의 돌 벤치에 검은 옷을 입은 여인의 형상이 앉아 있는 것이 보였다.

열쇠 구멍을 찾기 위해 나는 성냥을 그었다. 그리고 그 순간 무슨 이유에선지, 나 자신도 모르게, 그 검은 형상을 흘낏 쳐다보았다. 나는 그 치켜 올라간 눈을 알아보았다. 창백한 달빛처럼 야윈 얼굴에 자리 잡은 두 개의 커다란 검은 눈을. 내 얼굴을 바라보고 있으면서도 보지 않고 있는 두 눈을. 전에 그녀를 한 번도 본 적이 없었다 해도 나는 그녀를 알아보았을 것이다. 그렇다, 그것은 환영이 아니었다. 검은 옷을 입은 그 형상은 바로 그녀였다. 나는 멍하게 서 있었다. 꿈이라는 것을 알고 그 꿈에서 깨어나려고 하지만 그러지 못하는 꿈꾸는 사람처럼. 움직일 수가 없었다. 성냥이 타들어 가서 손가락을 뎄다. 불현듯 정신이 돌아온 나는 자물쇠에 열쇠를 넣었다. 문이 열리고 나는 옆으로 비켜섰다. 그녀가 벤치에서 일어나 길을 잘 아는 사람처럼 어두운 복도를 따라 걸어 들어갔다. 그녀는 내 방의 문을 열었다. 나는 그녀를 따라 방 안으로 들어갔다. 내가 서둘러 등잔에 불을 붙이는 사이, 그녀는 방을 가로질러가서 내 침대에 몸을 뉘였다. 그녀의 얼굴이 어둠 속에 있었다. 그녀가 나를 볼 수 있는지, 내 목소리를 들을 수 있는지 알 수가 없었다. 그녀는 나를 두려워하지도 않고 거부할 의사도 없는 듯했다. 마치 그녀 자신의 의지와는 무관하게 내 방에 와 있는 것 같았다.

그녀는 혹시 아픈 걸까? 아니면 길을 잃은 걸까? 그녀는 자기 의지와는 상관없이 마치 몽유병에 걸린 사람처럼 왔다. 그 순간에 내가 경험한 감정을 누구도 상상할 수 없을 것이다. 기분 좋은, 그러나 말로 표현할 수 없는 고통이 밀려왔다. 그렇다, 그것은 환영이 아니었다. 놀라는 기색도 없이, 말 한 마디 없이 내 방에 들어온 이 존재는 바로 그녀였다. 우리의 첫 만남이 이러할 것이라고 나는 늘 상상해 왔었다. 내 마음 상태는 영원한 깊은 잠에 빠진 사람의 마음과 같았다. 이런 꿈을 꾸려면 더없이 깊은 잠에 빠져야만 한다. 내게는 침묵이 영원한 삶의 힘이었다. 시작도 끝도 없는 영원이라는 평원에 언어 같은 장애물은 없었다.

나에게 그녀는 여자인 동시에, 내면에 인간을 초월한 무엇인가를 가진 존재였다. 그녀의 얼굴을 보면서 나는 일종의 어지러움증을 경험했다. 그 어지러움증은 나로 하여금 다른 모든 사람들의 얼굴을 잊게 만들었다. 그녀를 응시하는 순간, 온몸이 떨리고 무릎에서 힘이 빠졌다. 그 깊고 커다란 눈 속에서 한순간 내 삶의 모든 고통이 보였다. 그녀의 눈은 젖어 있었다. 눈물 고인 커다란 검은색 다이아몬드처럼 그 눈이 반짝였다. 그녀의 눈 속에서, 그 검은 눈 속에서, 나는 내가 찾고 있던 영원한 밤의 어둠을 발견했다. 그 무섭고 매혹적인 검은 심연 속으로 나는 가라앉았다. 마치 그녀가 내 존재로부터 무엇인가를 끌어내는 것만 같았다. 내 발 아래 바닥이 흔들렸다. 만일 그 자리에서 쓰러졌다면 나는 말로 표현할 수 없는 환희를 경험했을 것이다.

내 심장이 정지했다. 나는 숨을 멈추었다. 숨을 쉬면 그녀가 구름이나 연기처럼 사라져 버릴 것만 같아 두려웠다. 그녀의 침묵에는 어딘가 초자연적인 것이 있었다. 그녀와 나 사이에 수정으로 된 벽 하나가 솟은 것만 같았다. 그 순간과 그 시간이, 아니 그 영원이 나를 질식시켰다. 그때 그녀의 눈, 다른 사람들은 볼 수 없는 어떤 초자연적인 시선으로 바라보느라 지쳤을, 아마도 죽음을 보느라 지쳤을 그 눈이 천천히 감겼다. 마침내 그녀의 눈꺼풀이 닫혔다. 나는 물에 빠져 미친 듯 허우적대다가 간신히 수면 위로 떠오른 사람처럼 나 자신이 열에 들떠 몸을 떨고 있음을 깨달았다. 나는 소매 끝으로 이마에 흘러내리는 땀을 닦았다.

그녀의 얼굴은 변함없는 고요와 평온함을 간직하고 있었으나 점점 흐려지고 약해지는 것 같았다. 그녀는 내 침대에 누워 자신의 왼쪽 검지 손톱을 물어뜯고 있었다. 얼굴이 달처럼 창백했다.

몸에 달라붙은 얇은 검은 옷은 그녀의 팔과 다리, 그녀의 가슴, 그녀의 몸의 윤곽선을 드러냈다.

나는 그녀를 더 자세히 보려고 그녀 쪽으로 몸을 기울였다. 그녀는 눈을 감고 있었다. 내가 아무리 오래 바라보아도 그녀는 여전히 나로부터 무한히 멀리 떨어져 있었다. 갑자기 나는 내가 그녀의 가슴에 감추어진 비밀을 전혀 알지 못한다는 사실을 깨달았다. 우리 사이에 아무 연결도 없음을.

나는 무슨 말인가 하고 싶었다. 그러나 내 목소리가 그녀의 귀에, 분명 멀리서 들리는 천상의 부드러운 음악에 익숙해져 있을 그녀의 예민한 귀에 거슬릴까봐 두려웠다.

그녀가 배가 고프거나 목이 마를 것이라는 생각이 머리를 스쳤다. 집에 아무것도 없는 줄 알면서도 나는 그녀에게 줄 만할 것을 찾아 작은 방으로 들어갔다. 그 순간 하나의 영감이 떠오르기라도 하듯 그 생각이 났다. 선반 꼭대기에 어머니에게서 물려받은 오래된 포도주 한 병이 있다는 것이 기억났다. 나는 의자에 올라가 그것을 내렸다. 그리고 발끝으로 걸어 침대로 다가갔다. 그녀는 피곤에 지친 아이처럼 잠들어 있었다. 매우 깊은 잠에 빠져 있었다. 벨벳 같은 긴 속눈썹을 가진 눈꺼풀이 감겨져 있었다. 나는 병을 열어 천천히 그녀의 입 안에다, 가지런한 두 줄의 치아 사이로 한 모금의 포도주를 부었다.

그때 갑자기, 나는 평생 처음으로 무한한 평화에 사로잡혔다. 그녀의 감은 눈을 바라보자 마치 나를 괴롭히던 악마가, 쇠 같은 손톱으로 내 심장을 짓누르던 악령이 잠깐 잠이 든 것 같았다. 나는 침대 옆으로 의자를 가지고 가서 앉아 그녀의 얼굴을 뚫어져라 바라보았다. 얼마나 아이 같은 얼굴이던가! 얼마나 다른 세상의 표정이던가! 이 여인이, 아니 이 지옥의 천사가—그녀를 어떤 이름으로 불러야 할지 알 수 없었다—이런 이중성을 갖는 일이 가능할까? 그녀는 너무도 평화롭고, 너무도 자유로워 보였다.

이제 나는 그녀의 체온을 느끼고, 그녀의 검고 묵직한 머리카락에서 나는 촉촉한 냄새를 맡을 수 있었다. 나는 무의식중에 떨리는 손을 들어—손이 잘 말을 듣지 않았다—늘 그녀의 관자놀이에 붙어 있는 머리카락 한 가닥에 내려놓았다. 그런 다음 그녀의 머리 다발 속으로 손가락을 넣었다. 차갑고 축축했다. 말할 수 없이 차디찼다. 죽은 지 며칠이나 된 것처럼 차가웠다. 내 판단이 틀림없었다. 그녀는 죽어 있었다. 나는 그녀의 옷 앞섶에 손을 넣어 그녀의 심장 위 젖가슴에 올려놓았다. 아주 미세한 박동조차 없었다. 손거울을 가져다가 콧구멍 밑에 대 보았다. 그녀의 몸에 생명의 기미는 남아 있지 않았다.

내 몸의 온기로 그녀를 따뜻하게 할 수 있을지도 모른다는 생각이 들었다. 나의 온기를 그녀에게 주고, 그 대신 죽음의 냉기를

내가 가질 수 있으리라는 생각이. 어쩌면 그런 식으로 나의 생기를 그녀의 죽은 몸에 불어넣을 수 있을 것만 같았다. 나는 옷을 벗고 침대로 올라가 그녀 곁에 누웠다. 우리는 암수 맨드레이크 뿌리처럼 한데 엉켰다. 그녀의 몸은 짝으로부터 찢겨진 암컷 맨드레이크의 몸 같아서 맨드레이크 뿌리와 똑같은 열정이 내 안에 일어나게 했다. 그녀의 입은 시큼하고 썼으며, 오이 꼭지 맛이 났다. 그녀의 온몸이 우박처럼 차가웠다. 내 혈관 속에서 피가 얼어붙는 것처럼 느껴졌다. 그 냉기가 내 심장 깊숙이 뚫고 들어왔다. 내 모든 노력은 허사였다. 나는 침대에서 내려와 옷을 입었다. 그렇다, 이것은 환영이 아니었다. 그녀가 지금 이곳 내 방에, 내 침대에 와서 나에게 자신의 몸을 맡겼다. 그녀의 몸과 영혼을 내게 주었다.

그녀가 살아 있는 동안, 그녀의 눈에 생명이 넘쳐흐르는 동안, 단지 그녀의 눈에 대한 기억만으로도 나는 고통의 불에 데었었다. 지금 그녀는 생기 없이, 아무 움직임도 없이, 차갑게 눈을 감은 채로 자기 자신을 나에게 내맡기고 있었다. 눈을 감은 채로.

이 여자가 바로 내 눈이 처음 본 순간부터 내 삶 전체를 중독시킨 그녀였다. 아니면 나의 본성이 처음부터 그렇게 중독되도록 운명 지어져 있었을까? 그래서 다른 방식의 존재는 애초에 나에게 불가능했던 것일까? 지금, 여기, 내 방에서, 그녀는 자신의 몸을,

그리고 자신의 그림자를 나에게 맡겼다. 세속적인 피조물의 세계와는 전혀 어울리지 않는 그녀의 연약한 영혼, 짧은 생의 영혼은 주름 잡힌 검은 옷 아래서 조용히 떠나 버렸다. 영혼을 고통스럽게 하던 육체로부터. 그리고 그림자들의 세계로 가서 헤매 다니고 있었다. 나는 마치 그녀의 영혼이 나의 영혼을 함께 데려간 듯한 기분이 들었다. 하지만 그녀의 육체는 그곳에 생기 없이, 움직임도 없이 누워 있었다. 그녀의 부드럽고 힘 풀린 근육들, 그녀의 혈관들, 힘줄들, 뼈들은 흙 속에 매장되기를 기다리고 있었다. 무덤 속 벌레들과 눈먼 쥐들의 맛있는 식사가 되기를. 그 자체로 무덤과 다를 바 없는 낡고 암울하고 생기 없는 내 방 안, 나를 에워싸고 있는 끝없는 밤의 어둠 속, 벽의 모든 숨구멍들까지 뚫고 들어간 어둠 속, 내 앞에는 하나의 시신이 놓여 있었다. 그리고 그녀의 시신과 함께 어둡고 차갑고 영원한 밤이 놓여 있었다. 그 순간 나는 느꼈다. 세상이 세상이었던 이후로, 내 삶이 시작된 이래로 줄곧 하나의 시신이 어두운 방 안에서 나와 함께 있어 왔다고. 차갑고 생기 없고 움직임도 없는 시신 하나가.

나는 생각이 정지되었다. 내 안에서 새롭고 이상한 형태의 생명이 느껴졌다. 어떻게 해서 그렇게 되었는지는 모르지만 내 존재는 내 주위의 모든 생명들과 연결되었다. 내 주위에서 가볍게 떨고 있는 모든 그림자들과. 나는 외부 세계와, 모든 살아 있는 것들과 누구도 침범할 수 없는 친밀한 교감을 했다. 그리고 보이지 않는 하나의 복잡한 전달 체계가 나와 자연의 모든 요소들 사이에 끊임없이 맥박 치는 흐름을 전달했다. 이제 나에게는 낯설게 느껴지는 관념도, 개념도 없었다. 과거의 화가들의 비밀도, 난해한 철학의 수수께끼도, 고대의 어리석은 사상과 희귀종들도 쉽게 파악할 수 있었다. 그리고 그 순간 나는 땅과 하늘의 공전과, 식물들의 발아와, 동물들의 본능적인 움직임과 하나가 되었다. 과거와 미래, 먼 것과 가까운 것이 내 마음속 생명 안에서 하나로 연결되었다.

이런 상황에 처하면 모든 인간은 단단히 굳어진 습관 속으로, 그 자신의 특정한 열정 속으로 도피하기 마련이다. 주정뱅이는 술로 자신을 마비시키고, 작가는 글을 쓰고, 조각가는 돌에 달려든다. 각자 자신을 흥분시키는 것에 의지해 마음의 짐으로부터 해방되는 것이다. 진정한 예술가가 걸작품을 탄생시킬 수 있는 것도 바로 이러한 순간들이다. 하지만 내가, 나처럼 열의 없고 무기력한 사람이, 필통 뚜껑이나 장식하는 자가 무엇을 할 수 있단 말인가? 고작해야 아무 생명 없이 번쩍이는 작은 그림, 그것도 다 똑같은 그림이나 그리는 나 같은 자가 무슨 걸작품을 창조한다는 말인가? 그러나 나는 내 전 존재 안에서 넘쳐흐르는 열정과 언어로 표현할 수 없는 영감을 느꼈다. 영원히 감겨진 그 눈을 종이에 기록하고 싶은 갈망이 밀려왔다. 그 그림을 언제까지나 간직하고 싶었다. 그 갈망의 힘이 나에게 그것을 행동에 옮기라고 강요하고 있었다. 그 충동을 거부할 수가 없었다. 어떻게 그것을 거부할 수 있단 말인가? 화가인 내가, 죽은 시신과 한 방에 갇혀 있는데. 그 생각이 내 안에 특별한 기쁨을 불러일으켰다.

나는 그을음이 피어오르는 등잔을 껐다. 그리고 양초 두 개를 가져와 불을 켜서 그녀의 머리맡에 놓았다. 깜박거리는 촛불 속에서 그녀의 얼굴은 전보다 훨씬 더 고요했다. 반쯤 어두운 방 안에서 그 얼굴은 실체가 아닌 듯한 신비한 표정을 짓고 있었다. 나는 종이와 필요한 작업 도구들을 가지고 와서 그녀의 침대 옆에 자리를 잡았다. 그 시간 이후로 그 침대는 그녀의 침대였다. 서서히, 그리고 점진적으로 분해와 해체를 겪을 운명인, 그러나 지금은 얼굴에 고정된 표정을 짓고 고요히 누워 있는 이 형체를 시간이 있을 때 그려두려는 것이 나의 의도였다. 나는 그 핵심적인 윤곽선들을 종이에 기록해야만 한다고 느꼈다. 나 자신이 그 힘을 경험한 그 얼굴의 선들을 선택할 것이다. 그림은 대략적이고 꾸밈 없이 그릴지라도, 감정적인 효과를 불러일으킬 수 있어야 하고, 일종의 생명을 지녀야만 한다. 하지만 나는 필통 뚜껑에 매번 판에 박힌 똑같은 그림이나 만들어 내는 데 익숙해져 있었다. 지금 나는 내 마음이 일을 하게 해, 내 마음속에 존재하는 이미지에 구체적인 형태를 부여해야만 했다. 그녀의 얼굴로부터 나와서 내 생각

속에 깊이 각인된 그 이미지에. 그녀의 얼굴을 한번 바라본 후에 나는 눈을 감을 것이다. 그런 다음 내 목적에 맞게 선택한 윤곽선들을 종이 위에 그려 나갈 것이다. 그렇게 함으로써 내 마음의 근원으로부터 나의 고통받은 영혼을 위로해 줄 약이 만들어지기를 나는 희망했다. 결국 나는 선과 형태라는 움직임 없는 생명을 도피처로 삼고 있었다.

내가 선택한 그림의 주제인 죽은 여인은 묘하게도 나의 그림 그리는 방식인 죽은 화풍과 닮아 있었다. 나는 언제나 죽은 그림을 그리는 화가일 뿐이었다. 이제 나는 이 질문과 맞닥뜨렸다. 그녀의 눈을, 지금 감고 있는 그 눈을 내가 다시 볼 필요가 있을까? 아니면 그 눈은 이미 내 기억 속에 충분하리 만치 뚜렷이 각인되어 있을까?

나는 모른다. 그날 밤 그녀의 초상화를 얼마나 많이 그리고 또 그렸는지. 하지만 어떤 그림도 만족스럽지 않아서 그리기 무섭게 찢어 버렸다. 작업을 해도 피곤하지 않았고, 시간 가는 것도 의식하지 못했다.

어둠이 시나브로 옅어져 갔다. 창문을 통해 희미한 빛줄기가 방 안으로 들어왔다. 나는 여전히 그림을 그리느라 바빴다. 이번 그림이 이전 것들보다 나아 보였다. 그러나 눈은? 내가 용서받지 못할 죄를 지은 듯 비난하듯 바라보던 그 눈은? 그 눈은 도저히 종이 위에 묘사할 수가 없었다. 그녀의 눈의 이미지가 갑자기 내 기억에서 지워져 버린 것 같았다. 내 모든 노력이 물거품이 되었다. 아무리 그녀의 얼굴을 관찰해도 그 눈빛이 머리에 떠오르지 않았다.

그녀를 바라보고 있는데 갑자기 그녀의 볼에 홍조가 떠오르기 시작했다. 푸줏간에 걸린 고기처럼 뺨이 서서히 진홍색으로 번져 갔다. 그녀가 생명을 되찾은 것이다. 그녀는 천천히 눈을 뜨더니, 소모열로 빛나는 비난하는 눈으로 내 얼굴을 응시했다. 그녀가 내 존재를 의식한 것은 그때가 처음이었다. 그녀는 처음으로 나를 바라보았다. 그러더니 다시 눈을 감았다.

한 순간에 끝나 버린 일이었지만, 내가 그녀의 눈빛을 기억해서 종이에 옮기기에는 충분했다. 나는 붓 끝으로 그 표정을 담았고, 이번에는 그림을 찢어 버리지 않았다.

나는 자리에서 일어나 조용히 침대 옆으로 다가갔다. 나는 생각했다. 그녀가 살아 있다고, 다시 살아났다고, 내 사랑이 그녀의 죽은 몸에 생명을 불어넣었다고. 하지만 가까이 가자 시체 냄새가, 부패 과정이 시작된 시신 냄새가 났다. 그녀의 몸에 작은 구더기 떼가 기어 다니고, 촛불의 불빛 속에서 딱정벌레 한 쌍이 원을 그렸다. 그녀는 완전히 죽은 상태였다. 하지만 왜, 어떻게 눈을 떴을까? 환영이었을까, 아니면 실제로 일어난 일일까?

이 질문은 받지 않는 편이 더 낫다. 그러나 중요한 것은 그녀의 얼굴, 아니 그보다는 그녀의 눈이었다. 그리고 이제 그 눈은 나의 소유였다. 나는 그 눈 속의 살아 있는 영혼을 종이에 담아냈으며, 이제 더 이상 그 육체가 필요하지 않았다. 그 육체는 사라질 운명이었다. 무덤 속 벌레들과 쥐들의 먹이가 될 운명이었다. 이제부터 그녀는 내 힘 안에 있었고, 이제 나는 그녀의 노예가 아니었다. 보고 싶으면 언제든 그녀의 눈을 볼 수 있었다. 나는 최대한 조심스럽게 그림을 집어 내가 금고처럼 사용하는 양철 상자 안에 넣었다. 그리고 그 통을 내 방에 딸린 작은 방에 간직했다.

밤이 발끝으로 걸어 사라지고 있었다. 밤은 충분히 피로를 쏟아 냈으므로 저의 길을 갈 자격이 있었다. 내 귀가 멀리서 나는 희미한 소리들을 감지했다. 풀이 움트면서 내는 소리였을까? 어쩌면 어떤 철새가 꿈꾸면서 날갯짓하는 소리였을까? 창백한 별들이 구름층 너머에서 하나둘 꺼져 가고 있었다. 얼굴에 부드러운 아침의 숨결이 느껴졌다. 그것과 동시에 어디선가 멀리서 수탉이 홰를 쳤다.

시신을 어떻게 해야만 할까? 이미 부패가 시작된 시신을. 처음에는 내 방에 묻었다가, 나중에 꺼내어 파란 나팔꽃이 가득 핀 어딘가의 우물에 던져 넣을까 생각했다. 하지만 남의 이목을 끌지 않고 그 일을 해 내려면 얼마나 많은 생각, 얼마나 많은 노력과 일솜씨가 필요할 것인가! 그리고 나는 어떤 낯선 자의 시선도 그녀에게 닿는 것을 원치 않았다. 모든 일을 나 혼자서, 누구의 도움도 받지 않고 처리해야만 했다. 내가 중요한 존재라는 것이 아니었다. 그녀가 떠난 지금 내 존재에 무슨 의미가 있는가? 하지만 나 이외의 누구도, 어떤 평범한 자의 눈길도 그녀의 시선에 닿아서는 절대로 안 된다. 그녀가 내 방에 와서 그녀의 차가운 몸과 그림자를 나에게 맡긴 것은 누구도 자신을 보는 것을 원치 않았기 때문이니까. 그녀는 타인의 시선으로 자신이 더럽혀지는 것을 원치 않았다. 마침내 한 가지 방법이 떠올랐다. 그녀의 육신을 몇 부분으로 나누어 그것들을 가방에 담으리라. 나의 낡은 가방에. 그리고 그것을 먼 장소로 가져가리라. 사람들의 눈이 닿지 않는 아주 먼 곳으로. 그리고 그곳에다 그녀를 묻으리라.

이번에는 망설이지 않았다. 나는 작은 방에서 뼈 손잡이가 달린 칼을 가져다가 거미줄처럼 그녀를 감싸고 있는 얇은 검은색 옷 앞섶을 자르기 시작했다. 그녀의 육신을 가리고 있는 것은 그것이 전부였다. 그녀는 몸이 약간 자란 것 같았다. 살아 있을 때보다 더 길어 보였다. 그런 다음 나는 그녀의 머리통을 절단했다. 목에서 응고된 핏방울들이 떨어졌다. 그다음에는 팔과 다리를 잘랐다. 가방 안에 몸통과 머리, 팔다리를 가지런히 담은 뒤, 그녀의 옷, 그녀가 입고 있던 검은 옷으로 전체를 덮었다. 그리고 가방을 잠그고 열쇠를 주머니에 넣었다. 일을 다 마친 뒤 깊은 안도의 숨을 쉬면서 가방의 무게를 가늠해 보았다. 무거웠다. 그토록 무거운 피로감이 밀려오는 경험은 처음이었다. 아니, 나 혼자서는 도저히 가방을 옮기지 못할 것 같았다.

다시 안개가 끼고 가랑비가 내리기 시작했다. 나는 가방을 옮기는 일을 도와줄 사람을 찾으려는 희망에서 집 밖으로 나갔다. 한 사람의 영혼도 보이지 않았다. 안개 속을 살피며 좀 더 걸어갔다. 문득 사이프러스 나무 아래 웅크리고 앉아 있는 구부정한 노인이 시야에 들어왔다. 넓은 목도리를 목에 두르고 있어서 그의 얼굴을 볼 수가 없었다. 나는 천천히 그에게 다가갔다. 내가 무슨 말을 건넬 사이도 없이 노인이 귀에 거슬리는, 공허하고 사악한 웃음을 터뜨렸다. 그 웃음소리에 내 온몸의 털이 곤두섰다.

노인이 말했다.

"짐꾼을 구한다면 내가 도와드리리다. 맞소, 나는 영구차까지 가지고 있다오. 날마다 샤 압돌 아짐(테헤란 남쪽에 있는 옛 도시 레이 유적지의 사원이자 공동묘지. 레이는 동서교역 중심지의 하나로 번영했으나 13세기 칭기즈칸에게 멸망되었음. 채색화가 그려진 도자기로 유명)까지 시신들을 가져가서 거기에 묻는다오. 그렇소, 나는 관도 만든다오. 누구에게나 꼭 맞는 관을 크기별로 갖추고 있소. 당신을 위해 무엇이든 도와드리리다. 그것도 지금 당장."

그가 다시 큰소리로 웃었다. 그 바람에 그의 어깨가 흔들렸다. 내가 나의 집 쪽을 손으로 가리켰다. 하지만 내가 입을 열기도 전에 그가 말했다.

"그럴 필요 없어. 그대가 어디 사는지 내가 잘 안다오. 지금 당장 그리로 가리다."

그가 자리에서 일어났고, 나는 걸어서 집으로 돌아갔다. 방으로 들어간 나는 시신이 든 가방을 힘겹게 문까지 옮겼다. 그리고 문 밖 거리에 서서, 다 부서져 가는 낡아빠진 운구차를 쳐다보았다. 뼈가 드러날 정도로 야윈 두 마리의 말이 끄는 마차였다. 그 구부정한 노인이 긴 채찍을 손에 들고 앞쪽 마부석에 앉아 있었다. 그는 내 쪽을 돌아보지도 않았다. 나는 무척 힘들게 가방을 마차로 옮겼다. 마차 뒤쪽에 관을 싣는 움푹 들어간 공간이 있었다. 가방을 그곳에 실은 뒤 나 자신도 마차에 올라타 관을 넣는 자리에 앉았다. 그러고는 마차가 달릴 때 바깥을 볼 수 있도록 머리를 짐칸 가장자리에 기댔다. 가방을 내 가슴 쪽으로 당겨 두 손으로 단단히 잡았다.

채찍이 허공을 가르며 소리를 냈다. 거친 숨을 몰아쉬며 말들이 출발했다. 내리는 가랑비 사이로 연기처럼 말들의 코에서 콧김이 뿜어져 나왔다. 말들은 빠른 속도로 순조롭게 달렸다. 말들의 가느다란 다리가 올라갔다가 천천히 내려왔다. 소리도 나지 않고 그 발굽들이 땅에 닿았다. 그 다리들은 법에 의해 손가락이 잘리고 나머지 부위는 끓는 기름에 담가진 도둑의 뭉툭한 팔을 연상시켰다. 말들의 목에 달린 종이 내는 기이한 소리가 습한 대기 속으로 울려 퍼졌다. 이유를 딱히 알 수는 없지만, 깊은 평온이 내 머리끝에서 발끝까지 번졌다. 운구 마차의 움직임이 내 몸에 조금도 전달되지 않았다. 내가 느낄 수 있는 것은 오직 가슴을 짓누르는 가방의 무게뿐이었다. 마치 그녀의 시신과 그 시신이 든 관의 무게가 영원히 내 가슴을 짓눌러 온 것만 같았다.

길 양편의 시골은 짙은 안개에 묻혀 있었다. 마차는 매우 빠른 속도로 무리 없이 언덕과 평지와 시내를 통과했다. 그러자 내 앞에 새롭고 기이한 풍경이 펼쳐졌다. 꿈에서도 현실에서도 본 적 없는 풍경이었다. 길 양쪽으로 언덕들이 뚜렷한 곡선을 그리며 줄지어 솟아 있었다. 언덕들 아래에는 기괴하게 웅크린 저주받은 나무들이 서 있었다. 그 나무들 사이로 피라미드 모양의 집들과 정육면체 모양의 집들, 각기둥 모양의 회색 집들이 보였다. 집들마다 창틀도 없이 검은색 유리만 달린 낮은 창문들이 있었다. 그 창문들은 마치 정신착란 상태에 빠진 사람의 광기 어린 눈 같았다. 집의 벽들은 지나가는 사람의 가슴을 매우 차갑게 만드는 속성을 지니고 있었다. 그런 집들에 어떤 생명체가 살 수 있을지 의문이 들었다. 아마도 저세상의 존재들인 유령들을 위해서 지은 집들

같았다.

운구 마차의 마부는 자신이 아는 샛길이나 지름길로 가고 있음이 분명했다. 어떤 장소에서는 길 양옆으로 나무들의 잘려진 그루터기와 뒤틀리고 꼬인 나무들만 보였다. 그리고 그 뒤편으로 높거나 낮은 기하학적인 형태의 집들이 나타났다. 완벽한 원뿔 모양의 집들도 있었고, 위쪽을 자른 원뿔 모양의 집들도 있었다. 비뚤게 난 좁은 창문 밖에는 파란 나팔꽃 넝쿨들이 자라나 문과 창문들 위로 엉켜 있었다. 그러다가 이 풍경이 돌연 끊겨 버렸다. 짙은 안개뿐이었다.

언덕들의 꼭대기 위에 무겁고 습기 가득한 구름이 내리누르듯 드리워져 있었다. 바람을 타고 정처 없이 떠다니는 먼지처럼 가는 빗방울들이 불어왔다. 한참을 달렸을 무렵, 초록의 흔적이라곤 찾아볼 수 없는 황량한 바위투성이 언덕 아래에 운구 마차가 멈추어 섰다. 나는 가방을 가슴에서 밀어내고 마차에서 내렸다.

언덕 맞은편에 울타리가 둘러쳐진 외딴 장소가 있었다. 초록이 펼쳐진 평화로운 곳이었다. 전에 한 번도 와 본 적이 없는 곳인데도 낯이 익었다. 내 마음 한구석에 언제나 존재해 왔던 장소처럼. 지면에는 향기 없는 파란 나팔꽃 넝쿨이 온통 뒤덮여 있었다. 그 순간까지 누구도 그 장소에 발을 들여놓은 적이 없다는 느낌이 들었다. 나는 짐칸에서 가방을 끌어내어 바닥에 내려놓았다. 늙은 마부가 몸을 돌리며 말했다.

"이곳에서 샤 압돌 아짐이 그리 멀지 않소. 그대가 원하는 일을 하기에 이보다 좋은 장소는 없을 거요. 이곳은 새 한 마리 날지 않는 곳이니까. 아무렴, 그렇고말고."

나는 마부에게 품삯을 주려고 주머니에 손을 넣었다. 내가 가진 돈은 2크란과 1압바시(1크란은 5달러, 1아브바시는 1달러 가치의 옛 이란 동전)가 전부였다. 마부는 귀에 거슬리는 공허한 웃음을 터뜨리며 말했다.

"괜찮소, 마음 쓸 것 없소. 나중에 그대에게 받도록 하리다. 그대가 어디에 사는지 아니까. 내가 해 줄 일이 정말 더 없겠소? 무덤 파기에 대해서는 내가 좀 안다고 말할 수 있소만. 그렇소, 아무것도 부끄러워할 것 없소. 어디 가 봅시다. 저쪽 사이프러스 나무 옆에 실개천이 하나 있소. 내가 그대를 위해 가방에 꼭 맞는 구멍을 파드리리다. 그런 다음에 난 가겠소."

노인이 마부석에서 뛰어내렸다. 그의 몸놀림은 내가 상상했던 것과는 정반대로 놀랍도록 민첩했다. 나는 가방을 들었다. 우리는 죽은 나무 한 그루가 있는 곳까지 나란히 걸었다. 그 나무는 바닥까지 말라붙은 실개천 옆에 서 있었다. 내 동행자가 말했다.

"이 장소가 좋겠소."

나의 대답을 기다리지도 않고 그는 마차에서 가져온 작은 삽과

곡괭이로 땅을 파기 시작했다. 나는 가방을 바닥에 내려놓고 무기력하게 그 옆에 서 있었다. 노인은 두 배나 허리를 굽히고 그 일에 이골이 난 사람처럼 능숙한 솜씨로 움직였다. 땅을 파던 중 그가 흙 속에서 유약 칠한 단지처럼 보이는 물건 하나를 꺼냈다. 그는 그것을 때 묻은 손수건으로 고이 싸더니 허리를 펴며 말했다.

"구멍을 다 팠소. 그렇소, 가방이 들어가기에 딱 맞는 크기요. 아주 딱 맞는 크기지. 아무렴, 그렇고말고."

나는 그에게 일한 삯을 주려고 주머니에 손을 넣었다. 내가 가진 것이라곤 달랑 크란 동전 두 개와 압바시 동전 한 개가 전부였다. 노인은 온몸에 소름이 돋게 만드는 공허한 웃음을 터뜨리며 말했다.

"그런 걱정은 하지 마시오. 괜찮소. 그대가 어디에 사는지 내가 다 아니까. 아무렴, 알고말고. 어쨌든 나는 품삯 대신 단지 하나를 얻었소. 레이 왕조 때 만든 화병이오. 옛 도시 레이에서 나온 것이지. 그렇고말고."

그러더니 그는 그 자리에 구부정하게 서서 다시 웃기 시작했다. 그 바람에 그의 어깨가 흔들렸다. 그는 더러운 손수건에 싼 화병을 겨드랑이에 끼고 운구 마차로 걸어갔다. 그런 다음 놀라울 정도로 날렵하게 마차에 올라타더니 마부석에 앉았다. 채찍이 허공을 가르며 소리를 내고, 말들이 거친 숨을 몰아쉬며 출발했다. 말들의 목에 달린 종이 내는 기이한 소리가 습한 대기 중에 울려 퍼졌다. 그 소리는 서서히 짙은 안개 속으로 사라졌다.

혼자가 된 순간 나는 깊은 안도의 숨을 내쉬었다. 가슴에서 무거운 짐이 내려지고 기분 좋은 평온함이 내 존재 전체에 스며들었다. 주위를 둘러보았다. 내가 서 있는 장소는 작은 울타리 안이고, 사방을 푸른 언덕과 둔덕들이 에워싸고 있었다. 한쪽 능선을 따라 묵직한 벽돌들로 지은 옛 건축물의 폐허가 펼쳐져 있었다. 근처에는 마른 강바닥이 있었다. 사람들의 소음과 소란스러움으로부터 멀리 떨어진 조용하고 외진 곳이었다. 나는 깊은 행복을 느꼈다. 그녀의 커다란 눈이 흙 속 잠에서 깨어나면 그 눈의 본성과 모습에 어울리는 장소를 보게 되리라는 생각이 들었다. 그녀는 살아 있었을 때 타인들의 삶으로부터 멀리 떨어져 있었듯이 다른 인간들로부터, 그리고 다른 죽은 자들로부터 멀리 떨어져 있는 것이 어울렸다.

나는 매우 조심스럽게 가방을 들어 구멍에 내려놓았다. 구멍의 크기와 넓이가 정확히 들어맞았다. 놀랍도록 완벽한 크기였다. 하지만 가방 안을 한 번 더 들여다봐야만 한다는 생각이 들었다. 나는 주위를 둘러보았다. 아무도 보이지 않았다. 주머니에서 열쇠를 꺼내 가방 뚜껑을 열었다. 그녀의 검은 옷자락 한쪽을 걷자, 응고된 피와 우글거리는 구더기 떼 속에서 커다란 검은 눈이 아무

표정도 없이 나를 응시하고 있었다. 내 온 존재가 그 깊은 눈 속으로 빨려 들어가는 것이 느껴졌다. 나는 서둘러 가방 뚜껑을 닫고 그 위에다 푸석푸석한 흙을 뿌렸다. 구멍이 메워졌을 때 나는 흙을 단단히 다진 다음, 향기 없는 파란색 나팔꽃 넝쿨들을 가득 가져다가 무덤 위에 덮었다. 그런 다음 모래와 자갈을 주워다 주위에 뿌렸다. 매장의 흔적을 완전히 없애서 매장 사실을 아무도 모르게 하기 위해서였다. 얼마나 말끔히 처리했는지, 나 자신도 그녀의 무덤과 주변 바닥을 구분할 수 없을 정도였다.

일을 마치고 나 자신을 내려다보니 옷이 찢어지고 흙과 검게 응고된 피가 얼룩져 있었다. 두 마리의 딱정벌레가 내 주위를 맴돌았다. 작은 구더기 떼가 내 옷에 달라붙어 꿈틀거리고 있었다. 외투 자락의 핏자국을 지우기 위해 소매 끝에 침을 묻혀 얼룩을 문질렀다. 그러나 오히려 피 얼룩이 천에 스며 살갗까지 파고들어 피부에서 피의 끈적거림이 느껴졌다.

해가 지기 직전이었다. 가는 비가 내리고 있었다. 나는 걷기 시작했다. 무의식중에 운구 마차의 바퀴 자국을 따라가고 있었다. 밤이 되자 바퀴 자국을 놓쳐 버렸지만, 나는 깊은 암흑 속을 계속해서 걸었다. 천천히, 그리고 목적지도 없이. 꿈을 꾸는 사람처럼 마음속에 아무런 의식도 생각도 없이. 어느 방향으로 가고 있는지도 알지 못했다. 그녀가 떠나 버린 이후, 응고된 핏덩어리 속에서 그녀의 커다란 눈을 본 이후, 내 삶을 완전히 에워싼 깊은 어둠 속을 걷는 기분이었다. 나의 길을 밝혀 주던 그 눈은 영원히 꺼져 버렸다. 이제 나는 나 자신이 어느 곳에 도착하든 도착하지 않든 상관하지 않았다.

사방에 완전한 침묵만이 있었다. 모든 인류가 나를 거부했다는 느낌이 엄습해 나는 무생물들의 세계 속에 자신을 맡겼다. 그리고 자연의 맥박과 나의 관계, 내 영혼에 내려앉은 깊은 밤과 나의 관계를 의식하려고 노력했다. 이 침묵은 우리가 이해할 수 없는 언어이다. 머리가 술에 취한 것처럼 빙빙 돌기 시작했다. 구토가 일어났고 다리가 휘청거렸다. 한없는 피로가 밀려왔다. 나는 길가의 공동묘지로 들어가 묘석 위에 앉았다. 두 손으로 머리를 감싸고 내가 처한 상황에 대해 생각을 집중해 보려고 애를 썼다.

갑자기 귀에 거슬리는 공허한 웃음소리가 들려 나는 정신을 차렸다. 고개를 돌리자 얼굴이 가려지도록 목에 목도리를 두른 사람의 형체가 보였다. 그는 손수건에 싼 무엇인가를 겨드랑이에 낀 채 내 옆에 앉아 있었다. 그가 내게 몸을 돌리며 말했다.

"내가 보기엔 그대는 마을로 돌아가길 원하는 것 같은데, 길을 잃었소? 그런 거요? 이런 밤 시간에 내가 공동묘지에서 무얼 하고 있는지 의아하겠지만, 겁먹을 것 없소. 시체들이야 내가 매일 겪는 일이니까. 무덤 파는 일이 내 밥벌이라오. 밥벌이치고는 나

쁘지 않지, 안 그렇소? 나는 이 지역을 구석구석 알고 있다오. 적당한 예를 들어 봅시다. 오늘 나는 무덤 파는 일을 하러 나왔소. 그러다가 땅 속에서 이 단지를 발견했소. 이것이 무엇인지 아시오? 옛 도시 레이에서 나온 화병이오. 암, 그렇고말고. 괜찮소, 그대가 이 화병을 가져도 좋소. 이것을 간직하면서 나를 기억해 주시오."

나는 주머니에 손을 넣어 크란 동전 두 개와 압바시 동전 한 개를 꺼냈다. 노인은 온몸에 소름이 돋을 만큼 귀에 거슬리는 공허한 웃음을 터뜨리며 말했다.

"아니오, 아니오. 그럴 필요 없소. 나는 그대를 안다오. 그대가 어디에 사는지도 알고 있소. 내가 이 근처에 운구 마차를 세워 두었소. 집까지 태워다 줄 테니 어서 오시오. 아무렴, 그렇고말고. 두어 걸음만 가면 되오."

그는 화병을 내 무릎에 내려놓고 자리에서 일어났다. 그는 어깨가 흔들릴 정도로 격렬하게 웃었다. 나는 화병을 들고 그 구부정한 형상의 뒤를 좇아 걷기 시작했다. 구부러진 길 쪽에 몹시 야윈 두 마리의 검은 말이 매인 운구 마차가 서 있었다. 노인은 놀라울 정도로 날렵하게 뛰어올라 마부석에 자리 잡고 앉았다. 나는 마차에 기어올라, 관을 넣는 움푹한 공간에 몸을 뻗고 누웠다. 마차가 달릴 때 바깥을 볼 수 있게 짐칸 가장자리에 머리를 기댔다.

그리고 화병을 가슴 위에 올려놓고 손으로 꼭 잡았다.

　채찍이 허공을 가르며 소리를 냈다. 거친 숨을 몰아쉬며 말들이 출발했다. 말들은 빠른 속도로 순조롭게 달렸다. 말들의 발굽이 소리도 없이 부드럽게 땅에 닿았다. 말들의 목에 달린 종이 내는 기이한 소리가 습한 대기 속으로 울려 퍼졌다. 구름의 틈새로 별들이 지상을 내려다보았다. 응고된 핏덩어리 사이에서 나타난 빛나는 눈처럼. 기분 좋은 평온함이 내 존재 전체에 스며들었다. 내가 느낄 수 있는 것은 죽은 시신의 무게로 내 가슴을 짓누르는 화병뿐이었다. 뒤틀리고 꼬인 가지들이 뒤엉킨 나무들은 마치 땅바닥으로 미끄러져 쓰러질까 봐 어둠 속에서 서로 손을 움켜잡고 있는 것처럼 보였다. 길 양쪽에 서로 다른 기하학적인 형태를 한 이상한 집들이 줄지어 있었다. 집집마다 황량한 검은 창이 나 있었다. 집의 벽들에서 반딧불이의 빛처럼 희미하고 창백한 빛이 새어 나왔다. 나무들은 무리를 이루거나 줄지어서 놀랍도록 빠르게 우리 뒤편으로 날아갔다. 그러나 나에게는 나무들의 발이 나팔꽃 넝쿨들과 뒤엉켜 넝쿨들이 나무들을 땅에 붙들어 매고 있는 것처럼 보였다. 죽음의 냄새, 살이 부패하는 냄새가 내 안으로, 내 몸과 영혼 속으로 퍼졌다. 내가 언제나 죽음의 냄새에 젖어 살아 온 것처럼 느껴졌다. 나의 전 생애가 검은 관 속에서 잠을 잔 것처럼. 얼굴이 보이지 않는 구부정한 노인이 안개와 지나가는 그림자들 사이로 나를 싣고 가고 있는 동안.

　마침내 운구 마차가 멈추었다. 나는 화병을 들고 바닥으로 뛰어내렸다. 내 집 문 앞이었다. 나는 서둘러 집 안으로 들어가서 내 방으로 갔다. 그리고 화병을 탁자 위에 내려놓고 곧장 작은 방으로 가서 감춰 둔 양철 상자를 꺼냈다. 내가 금고처럼 사용하는 상자였다. 나는 그것을 그 노인 마부에게 운임 대신 주기 위해 문으로 나갔다. 그러나 그는 어느 틈에 사라지고 없었다. 그의 모습도, 마차의 흔적도 보이지 않았다. 좌절감을 느끼고 나는 방으로 돌아왔다. 그리고 등잔에 불을 켜고, 화병을 싼 손수건을 풀었다. 소매로 화병을 문질러 흙을 닦아냈다. 투명한 보랏빛 유약이 칠해진 고대의 화병이었다. 색깔이 흐린 딱정벌레 색으로 변해 있었다. 그런데 화병의 볼록한 부분에 타원형의 그림이 그려져 있었다. 파란색 나팔꽃 문양으로 테두리를 두른 그 그림 안에는…….

　타원형의 그 그림은 그녀의 초상화였다. 커다란 검은 눈을 한, 누구보다도 큰 눈을 한 여인의 얼굴. 그 눈은 나 자신도 알지 못하는 용서받지 못할 죄를 지은 것처럼 비난하는 눈빛으로 나를 바라보고 있었다. 불안과 경이감이 깃든, 위협과 약속이 담긴 무섭고 불가해한 눈이었다. 그 눈은 나를 두렵게 하고 나를 매혹시켰다. 나를 중독시키는 초자연적인 광채가 그 눈 깊은 곳에서 비쳐 나왔다. 그녀는 광대뼈가 도드라져 있고 이마는 높았다. 가느다란 눈썹이 미간에서 만나고 있었다. 도톰한 입술은 반쯤 벌어져 있었다. 머리는 헝클어지고, 관자놀이에 머리카락 한 올이 붙어 있었다.

나는 양철 상자에서 지난밤에 내가 그린 초상화를 꺼내어 두 그림을 비교했다. 내 그림과 화병에 그려진 그림은 선 하나도 차이가 없었다. 마치 거울에 비친 동일한 그림 같았다. 두 그림은 말 그대로 똑같았고, 동일한 사람이 그린 그림이 분명했다. 불운한 필통 장식사의 그림이 틀림없었다. 어쩌면 나는 그녀의 초상화를 그릴 때 그 화병 장식사의 영혼에 빙의되어 그의 인도대로 내 손을 움직인 것인지도 모른다. 두 그림을 구분하기란 불가능했다. 내 그림은 종이에 그려져 있고 화병의 그림은 신비로운 분위기, 이상하고 초자연적인 분위기를 자아내는 고대의 투명 유약으로 칠해져 있다는 것만 다를 뿐이었다. 그 눈 깊은 곳에서 악령의 불꽃이 타올랐다. 아니, 그것은 과거의 믿음이었다. 두 그림 모두 사념이 사라진 똑같은 커다란 눈, 내성적이면서도 구속받지 않는 동일한 표정을 묘사하고 있었다. 그 순간 내 안에 일어난 감정은 말로 표현하는 것이 불가능하다. 나는 나 자신으로부터 도망치고 싶었다. 그러한 우연을 상상할 수나 있는가? 내 삶의 모든 비참함이 다시금 눈앞에 떠올랐다. 내 생애 동안 그런 눈을 가진 사람은 한 명 만나는 것으로 충분하지 않을까? 그런데 지금 두 사람이 똑같은 눈으로, 그녀의 눈으로 나를 응시하고 있었다. 이것은 참을 수 없는 일이었다. 내가 그곳에 파묻은 눈―언덕 옆 죽은 사이프러스 나무 아래, 마른 실개천 바닥 옆에, 파란 나팔꽃들 아래, 응고된 피들 틈에, 그녀 주위에서 잔치를 벌이고 있는 구더기 떼와 악취 나는 벌레들 사이에 내가 파묻은 눈, 식물의 뿌리들이 이미 아래로 뻗어 내려가 즙을 빨아들이기 위해 눈의 동공에 파고든 그곳에 파묻은 눈과 똑같은 눈이 지금 이 순간 생기 넘치는 눈길로 나를 응시하고 있었다.

내가 이 정도로 불운하고 저주받았을 줄은 몰랐었다. 하지만 동시에 내 마음속에 잠복해 있던 죄책감은 말로 설명하기 힘든 묘한 위안을 받았다. 나는 깨달았다. 나와 슬픔을 공유하는 고대의 누군가가 있다는 것을. 수백 년, 어쩌면 수천 년 전, 이 화병 표면에 그림을 그린 고대의 화가는 슬픔에 있어서는 나의 동료가 아니었을까? 그도 나와 똑같은 영적 체험을 하지 않았을까? 지금까지 나는 나 자신이 모든 피조물 가운데 가장 불운한 존재라고 여겼었다. 이제 나는 잠시나마 이해했다. 그 언덕들에, 묵직한 벽돌들로 지어진 폐허의 도시의 집들 속에 한때 사람들이 살았다는 것을. 그들의 뼈는 오래전에 썩었고 그들의 몸을 이루었던 원소들은 어쩌면 지금 파란 나팔꽃 속에서 또 다른 생을 살고 있는지도 모른다. 그 사람들 가운데 어떤 운 나쁜 화가가, 저주받은 화가가 한 사람 있었다. 아마도 그는 나처럼, 나와 꼭 같이, 성공하지 못한 필통 뚜껑 장식사였을 것이다. 그리고 이제 나는 이해했다. 그의 삶 역시 그 두 개의 커다란 검은 눈 속에서 불타 녹아 버렸다는 것을. 내 삶이 그러했듯이. 내가 이해할 수 있는 것은 그것이 전부였다. 그 생각이 나에게 위안을 주었다.

나는 화병 옆에 그림을 내려놓고 아편 데우는 화로의 숯에 불을 붙였다(이란 등지에서는 숯불 화로에 아편 파이프를 데워서 아편을 피웠음). 숯이 잘 타자 화로를 두 그림 앞에 가져다 놓았다. 그리고 아편 몇 모금을 빨았다. 약기운이 몸으로 퍼지기 시작할 때 나는 가만히 두 그림을 응시했다. 생각을 집중해야 할 것만 같았다. 내가 그렇게 할 수 있는 유일한 방법, 마음을 진정시킬 단 하나의 수단은 공기보다 가벼운 아편 연기밖에 없었다.

나는 나에게 있는 아편을 다 피웠다. 그 신비의 약이 나를 괴롭히는 문제들을 해결해 주고, 내 마음의 눈앞에 드리워진 장막을 제거해 주고, 의식 저편에 쌓인 먼 회색의 기억들을 없애 주기를 바라는 희망에서였다. 나는 내가 기다리던 의식 상태에 도달했다. 기대했던 것보다 더 강렬하게. 내 생각들은 아편만이 줄 수 있는 예민함과 장엄함을 얻었고, 나는 잠과 의식불명의 중간 지점으로 가라앉았다.

그때 가슴에서 무거운 짐이 제거되는 느낌이 밀려왔다. 중력의

법칙이 나에게는 멈춰진 듯 나는 생각을 좇아서 자유롭게 솟아올랐다. 그 생각들은 풍부하고, 기발하고, 매우 정교했다. 말로 표현하기 힘든 깊은 환희가 나를 사로잡았다. 마침내 나는 내 육신의 짐에서 해방되었다. 내 존재 전체가 식물인간 같은 무력감 속으로 가라앉고 있었다. 내가 발견한 세계는 평온하면서도, 매혹적이고 정교한 형태와 색으로 가득한 세계였다. 그때 내 생각의 실이 토막토막 끊겨져서 색과 형태들 속에서 흩어졌다. 나는 바다에 잠겼다. 바다의 파도가 공기처럼 가볍게 나를 애무했다. 내 심장이 뛰는 소리를 들을 수 있었고, 동맥의 박동을 느낄 수 있었다. 의미와 기쁨이 넘치는 존재 상태였다.

나 자신을 망각의 잠에 내맡기고 싶은 욕망이 심장 밑바닥에서부터 밀려왔다. 단지 망각에 도달할 수만 있다면, 만일 그것이 영원히 지속될 수만 있다면, 감은 내 눈이 잠을 초월해 무로 화할 수 있다면, 그래서 앞으로 언제까지나 내 존재를 의식하지 않을 수 있다면. 만일 내 존재가 한 방울의 잉크 속에서, 한 소절의 음악 속에서, 한 줄기의 색깔 있는 빛 속에서 녹아 사라지는 일이 가능하다면, 그리하여 이 파도들과 형태들이 점점 커져 무한대의 크기가 되어서 마침내는 희미해져서 사라져 버린다면. 그렇게만 된다면 나의 바람도 이루어지리라.

점점 감각이 무디어졌다. 기분 좋은 나른함과 비슷했다. 내 몸에서 미묘한 파도가 연이어 계속 흘러나가는 인상을 받았다. 그러다가 나는 내 삶의 과정이 거꾸로 돌려지는 듯한 기분을 느꼈다. 과거의 경험들이, 과거의 마음 상태들과 지워지고 잊혀졌던 유년의 기억들이 하나하나 되살아났다. 단순히 그것들을 볼 뿐 아니라 나는 과거의 부산한 활동들 속에 참여했고 완전히 그 안에 빨려들었다. 각각의 순간이 지나갈 때마다 나는 점점 작아져서 아이가 되었다. 그때 갑자기 마음이 텅 비면서 어두워졌다. 나 자신이 어두운 우물 안에서 가느다란 고리에 매달려 있는 것처럼 여겨졌다. 그러다가 고리에서 빠져서 나는 허공 속으로 떨어져 내리기 시작했다. 내 추락을 막는 것은 아무것도 없었다. 나는 끝없는 밤 속에서 끝없는 심연 속으로 낙하하고 있었다. 그다음에는 잊었던 긴 장면들이 하나하나씩 내 눈앞에서 스쳐 지나갔다. 나는 완전한 망각의 순간을 경험했다. 정신이 돌아왔을 때 나는 작은 방에서 특이한 자세로 누워 있었다. 그 기이함에 놀랐지만 동시에 나에게는 그것이 매우 자연스럽게 느껴졌다.

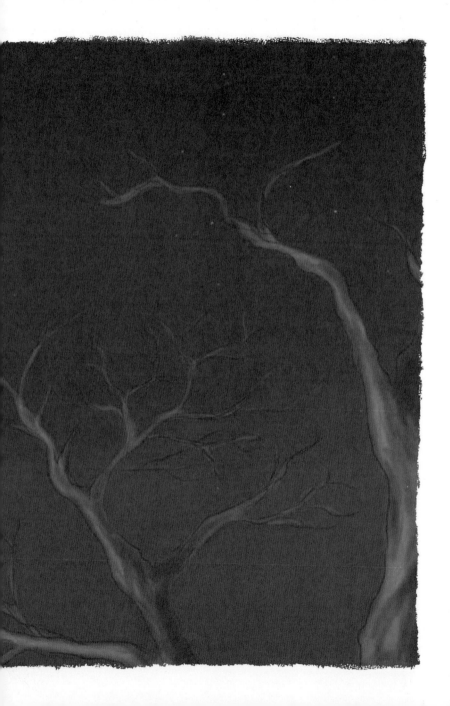

새 로 운 세 상 에 서 눈을 뜨니, 보이는 모든 것이 더없이 친밀하고 가깝게 다가왔다. 그래서 이전의 환경과 삶의 방식보다도 더 편안하게 느껴졌다. 오히려 나에게는 이전의 삶이 진짜 삶의 그림자에 불과했다고 여겨질 정도였다. 이전과는 다른 세계였지만 나와 완벽하게 맞아 본래의 환경으로 돌아온 기분이었다. 내가 다시 태어난 세계는 과거의 세계였지만, 전에 있던 세계보다 더 가깝게 느껴지고 더 자연스러웠다.

아직 황혼녘이었다. 선반 위에서 기름등잔 하나가 타고 있었다. 방 한쪽에 이불이 깔려 있었지만 나는 깨어 있었다(옛 페르시아에서는 침대 대신 바닥에 까는 요와 베개와 이불을 사용했으며, 낮에는 침구를 치웠다가 밤에 폈음). 몸이 불타는 것처럼 뜨거웠다. 내 외투와 목도리에는 핏자국이 있었고, 손은 피투성이였다. 그러나 열과 현기증에도 불구하고 특별한 생기와 들뜬 기분이 느껴졌다. 그 느낌이 핏자국을 제거해야 한다는 생각보다 더 강했다. 그리고 경찰들이 와서 나를 체포할지도 모른다는 생각보다 더 강렬했다. 어쨌거나 나는 언젠가는 체포되리라 예상하고 있었다. 그리고 그들이 온다면 선반 꼭대기에 보관해 둔 독이 든 포도주를 마시겠다고 마음을 정하고 있었다. 내가 느끼는 흥분감은 글을 써야 한다는 필요성에서 오는 것이었다. 나는 그것이 나에게 부과된 일종의 의무처럼 느껴졌다. 이 글쓰기를 통해, 오랫동안 내 몸의 장기들을 찢어 놓던 악마를 쫓아내고 내 마음속 공포를 종이 위에 쏟아놓는 것이 나의 바람이었다. 마침내 조금 망설인 끝에 나는 기름등잔을 내 앞으로 끌어당기고 문장들을 쓰기 시작했다.

인 간 이 삶 에 서 선 택 할 수 있는 최선의 길은 침묵하
는 것이라고 언제나 나는 믿어 왔다. 외딴 호숫가에서 날개를 편
해오라기처럼 고독 속으로 물러나 있는 것보다 더 나은 일은 없
다고. 그러나 지금, 일어나서는 안 될 일이 일어났으므로 나 자신
도 어쩔 수가 없다. 누가 아는가? 혹시 몇 분 뒤면, 어쩌면 한 시
간 안에, 술에 취한 한 무리의 경찰들이 나를 체포하러 들이닥칠
지. 내 육신을 지키려는 욕망 따위는 나에게 없다. 그리고 어쨌든
범죄를 부인하는 것은 불가능한 일이다. 설령 핏자국을 지울 수
있다 해도. 하지만 그들에게 붙잡히기 전에, 선반 꼭대기에 고이
모셔 둔, 내가 상속받은 포도주를 한 잔 마실 것이다.

이제 나는 포도송이에서 즙을 짜듯 내 인생으로부터 짠 모든

즙을, 아니 즙보다는 술을, 한 방울씩 벽에 비친 내 그림자의 타는 목구멍에 부을 것이다. 카르발라(무함마드의 손자이며 시아파 순교자인 후세인의 묘지. 카르발라의 흙에 적신 물은 약으로 쓰였음)의 물처럼. 오직 내가 희망하는 것은, 내가 떠나기 전에 나의 이 작은 방에서 궤양이나 암처럼 천천히 나를 소진시킨 고통들을 종이 위에 기록하는 일이다. 이것이 내 생각에 질서와 규칙을 가져다줄 최선의 방법이다. 그렇다면 마지막 유언과 증거를 작성하는 것이 나의 의도인가? 결코 그렇지 않다. 나는 증언을 쏟아 내는 성격도 아니고, 악마를 신봉하지도 않는다. 게다가 지상의 어떤 것이라도 나에게 눈곱만치라도 가치 있었던 것이 있는가? 나는 나의 삶이 나를 비켜 지나가게 했다. 삶이 떠나가는 것을 허락했으며, 심지어 그것을 원하기까지 했다. 그리고 내가 떠난 후에 무슨 일이 생기든 나와 무슨 상관인가? 내가 뒤에 남기는 원고를 누군가 읽든 혹은 영원히 아무도 읽지 않든 내게는 아무 차이가 없다. 나로 하여금 이 글을 쓰게 만드는 유일한 것은 나의 생각들과 실체가 없는 자아인 나의 그림자 사이에 하나의 연결 통로를 만들려는 욕구이다. 그 강한 욕구, 과거 어느 때보다도 더 절박한 지금의 그 마음 때문이다. 그 불길한 그림자는 지금 등잔의 불빛 속에서 벽에 드리워져서 내가 쓰는 각각의 단어들을 주의 깊게 살피고 게걸스럽게 먹어 치울 자세를 하고 있다. 이 그림자는 분명 나보다 더 잘 이해한다. 내가 제대로 말할 수 있는 상대는 그 그림자뿐이다. 나로 하여금 말하게 만드는 것은 그 그림자이다. 그만이 나를 알 수 있다. 그는 분명 나를 이해한다……. 내 삶의 즙을, 아니 그 것보다는 쓴 포도주를 내 그림자의 타는 목에 부어 주면서 그에게 이렇게 말하는 것이 내가 원하는 일이다. '이것이 나의 삶이다.' 라고.

어제 누군가 나를 보았다면 쇠약하고 병약한 청년을 보았을 것이다. 오늘 그는 다 타 버린 눈과 언청이 입술을 가진 구부정한 백발노인을 볼 것이다. 내 방의 창을 내다보거나 거울 속에서 나 자신을 보는 것이 나는 두렵다. 사방에 끝없이 늘어나는 나 자신의 그림자가 보이기 때문이다.

그러나 구부정한 내 그림자에게 나의 삶을 설명하기 위해 나는 한 가지 이야기를 하지 않을 수 없다. 아, 사랑과 성교와 결혼과 죽음에 관한 얼마나 많은 이야기들이 있는가! 그 어느 것도 진실을 말하지 않는다! 잘 구성된 줄거리와 멋진 문장들은 정말이지 구토가 난다.

나는 이 포도송이로부터 즙을 짜려고 노력할 것이지만 그 결과가 과연 티끌만한 진실이라도 담게 될지는 아직 모른다. 이 순간 나 자신이 어디에 있는지, 내 머리 위의 하늘 조각과 내가 앉아 있는 손바닥만 한 땅이 니샤푸르(이란 북동부의 소도시로『루바이야트』의 저자 오마르 하이얌의 탄생지)인지, 발흐(아프가니스탄 북부의 고대 도시)인지, 아니면 바라나시(인도 북부에 있는 힌두교 성지)인지 나는 알지 못한다. 이 세상의 어떤 것에 대해서도 나는 확신할 수 없다.

지금까지 나는 너무도 많은 모순된 일들을 보았고, 너무도 많은 종류의 말들을 들었다. 내 눈은 다양한 사물의 너무도 많은 닳아빠진 표면을 보았다. 그 얇고 거친 껍질 뒤에 영혼이 숨어 있는. 그렇기 때문에 이제 나는 아무것도 믿지 않는다. 바로 이 순간, 손에 만져지는 단단한 것들의 존재조차도 나는 의심한다. 분명하고 명확한 진실들도 나는 의심한다. 마당 한구석에 있는 돌절구를 손으로 치며 '넌 정말 견고하냐?' 하고 물어서 돌절구가 '그렇다.'라고 대답한다 해도, 나는 돌절구의 말을 믿어야 할지 믿지 말아야 할지 알지 못한다.

나는 나머지 피조물들과 분리되고 격리된 존재인가? 알 수 없다. 하지만 방금 전 거울을 들여다보았을 때 나는 나를 알아보지 못했다. 그렇다, 이전의 '나'는 죽어서 썩었지만, 그 나와 새로운 나 사이에는 어떤 장벽도, 어떤 경계도 존재하지 않는다.

나는 나의 이야기를 해야만 한다. 그러나 어디서부터 시작해야 할지 확신이 서지 않는다. 인생은 하나의 허구, 한낱 이야기에 지나지 않는다. 포도송이로 즙을 짜서 이 노쇠한 그림자의 타는 목구멍에 한 방울씩 넣어야만 한다. 어느 시점에서부터 시작해야 할까? 이 순간 내 머리 속에서 물거품처럼 솟아오르는 생각들은 단지 지금의 지나가는 순간에 속한 것일 뿐, 시간과 분초와 날짜에 대해서는 아무것도 알지 못한다. 어제의 사건이 나에게는 천 년 전에 일어난 일보다 덜 중요하고 더 멀게 느껴진다.

나를 살아 있는 자들의 세상과 연결했던 모든 끈들이 끊어진 바로 그 이유로 인해 과거의 기억들이 내 눈앞에 형태를 갖추고 나타난다. 과거, 미래, 시간, 하루, 한 달, 일 년……. 이 모든 것들이 나에게는 다 동일하다. 유년기라든가 성년기라든가 인생의 시기들을 구분하는 단어들도 나에게 있어서는 헛된 말에 불과할 뿐이다. 평범한 인간들에게만 그것들은 의미가 있다. 속물에게만. 그렇다, 그것이 내가 찾던 단어이다. 살기에 적합한 온난한 지대에서 영위되는 속물들의 삶에는 일 년에 사계절이 있듯이 정해진 주기와 계절이 있다. 그러나 내 삶에는 언제나 단 한 개의 계절, 한 개의 존재 상태만 있었다. 마치 한대 지방에서, 영원히 계속되는 어둠 속에서 생을 보낸 것만 같다. 반면에 내 안에서는 언제나 하나의 불꽃이 타올랐으며, 불꽃이 초를 태우듯 그것이 나를 태웠다.

내 방의 네 개의 벽 안에서, 내가 나의 삶과 생각들을 쌓아올린 이 성곽 안에서 나의 삶은 서서히 촛불처럼 소진되었다. 아니,

내가 틀렸다. 나는 벽난로 옆으로 굴러가서, 다른 장작들의 불꽃에 그을리고 까맣게 되는 통나무 같았다. 그런 통나무는 완전히 타지도 않지만 멀쩡하게 남아 있지도 않는다. 이런 나무는 다른 나무들의 연기와 열기에 질식할 뿐이다.

내 방은 여느 방들과 마찬가지로 햇빛에 말린 구운 벽돌로 지어져 수천 채의 집이 있던 고대 도시의 폐허 위에 서 있다. 회반죽을 바른 벽에는 프리즈(방이나 건물의 윗부분에 그림이나 조각을 띠처럼 두른 장식)가 둘러쳐져 있다. 무덤과 정확히 똑같다. 최소한의 필요한 것 외에는 아무것도 없는 방이지만, 나는 이 방의 가장 사소한 것들에 대해서도 몇 시간씩 생각을 펼칠 수 있다. 예를 들면, 벽 틈새에 사는 작은 거미에 대해서 말이다. 침대에 갇혀 지낸 후부터 나는 사람들의 어떤 관심도 받지 못했다.

벽에는 말발굽 모양의 긴 못 하나가 박혀 있다. 한때는 아내와 내가 어렸을 적에 잠을 자곤 하던 흔들 요람이 그 못에 걸려 있었는데, 그 후에는 다른 아이들이 그 요람을 썼는지는 모르겠다. 못 바로 아랫부분에는 회반죽이 일어나 떨어졌고, 그 부분에서 과거에 이 방에 있던 물건들과 사람들의 냄새를 맡을 수 있다. 어떤 외풍도 바람도 눅눅하게 배인 그 냄새를 제거하지 못했다. 땀 냄새, 과거에 병을 앓았던 냄새, 사람들의 입 냄새, 발 냄새, 지린 오줌 냄새, 상한 기름 냄새, 썩은 돗자리 냄새, 태운 오믈렛 냄새,

볶은 양파 냄새, 약 냄새, 아욱 냄새, 퀴퀴한 냅킨 냄새, 갓 사춘기에 접어든 남자아이 방에서 나는 것 같은 냄새, 거리에서 스며드는 수증기 냄새, 죽은 사람과 죽어가는 사람 냄새. 이 모든 냄새들이 그대로 살아서 각각의 특징을 드러낸다. 게다가 출처를 알 수 없는 다른 많은 냄새들도 이곳에 흔적이 남아 있다.

내 방에는 작고 어두운 곁방이 하나 딸려 있다. 그 방에는 속물들의 세상으로 난 두 개의 창문이 있다. 하나는 안뜰을 향해, 하나는 거리를 향해 나 있어서, 나와 레이 시를 잇는 통로가 된다. '세상의 신부'라는 뜻의 이 도시는 구불구불한 거리가 수천 겹 거미줄처럼 얽혀 있다. 도시에는 낮은 주택들, 학교들, 그리고 상인들을 위한 여인숙들이 있다. 세계에서 가장 큰 도시라 불리는 그 도시가 내 방 너머에서 숨 쉬며 살아가고 있다. 나의 작은 방에 누워 눈을 감으면 도시의 어렴풋하고 흐릿하던 그림자들이 갑자기 실체적인 형상을 하고서 내 눈앞에 떠오른다. 커다란 건물들과 사원들과 정원의 모습으로. 내가 자각하든 아니든 내 마음은 언제나 이 도시를 의식하고 있다.

그 두 개의 창이 나와 바깥 세계를, 속물들의 세상을 연결해 준다. 그러나 내 방의 벽에는 거울 하나가 걸려 있다. 나는 그 거울 안에서 내 얼굴을 들여다본다. 사방이 갇힌 이 제한된 나의 삶에는 그 거울이 나와 아무 관계도 없는 속물들의 세계보다 훨씬 중요하다.

창을 통해 보이는 도시의 주된 풍경은 푸줏간이다. 내 집 바로 맞은편에 초라한 푸줏간이 하나 있다. 그곳은 하루에 양 두 마리를 소비한다. 창밖을 볼 때마다 푸줏간 주인이 보인다. 매일 이른 아침, 결핵을 앓고 있는 것처럼 야윈 말 두 마리가 푸줏간 앞에 와서 멈춘다. 말들은 깊고 공허하게 기침을 내뱉는다. 뭉툭한 말굽을 가진 수척한 다리를 보면, 마치 어떤 야만적인 법에 따라 손가락이 잘리고 나머지 부위는 끓는 기름에 담가진 것 같은 느낌이 든다. 말들의 등에는 각각 도축된 양이 두 마리씩 실려 있다. 푸줏간 주인은 기름투성이의 손으로 헤나(인도와 아랍 등지에서 사용하는 갈색 염료)로 염색한 수염을 쓰다듬으며 구매자의 눈으로 그 죽은 양을 뜯어보기 시작한다. 결국 그는 자신이 고른 양 두 마리를 옮겨, 갈고리에 끼워 가게 입구에 매단다. 말들은 거친 숨을 몰아쉬며 떠난다. 푸줏간 주인은 목이 깊이 베인 피투성이의 두 마리 양 옆에 선다. 양은 푸르스름한 머리통에서 눈꺼풀에 피가 묻은 눈이 튀어나와 쳐다보고 있다. 그는 죽은 양을 두드리며 손가락으로 살집을 살핀다. 그런 다음에는 뼈로 된 손잡이가 달린 긴 칼을 가져다가 신중하게 살점을 자른다. 그러고는 웃으면서 그 고기를 손님들에게 내준다. 그는 이 모든 과정에서 큰 즐거움을 얻는다. 그가 과정마다 강한 쾌감을, 심지어 환희를 맛본다고 나는 확신한다. 매일 아침 이 시간이면 우리 동네가 주 무대인 목이 두꺼운 갈색 개가 푸줏간 앞에 나타난다. 개는 고개를 한쪽으로 갸우뚱하고서 순한 눈망울로 푸줏간 주인의 손을 애처롭게 쳐다본다. 개도 알고 있다. 푸줏간 주인이 그의 일을 즐긴다는 것을.

조금 떨어진, 아치형 지붕이 덮인 길에 이상한 노인이 앉아 있다. 그가 앞에 펼친 광목천에는 잡다한 물건들이 놓여 있다. 낫한 자루, 말편자 두 개, 여러 가지 색깔의 구슬, 긴 칼 한 자루, 쥐덫 하나, 녹슨 부젓가락 한 쌍, 약간의 필기구, 이 빠진 빗 한 개, 삽 한 자루, 유약 바른 화병 하나. 화병은 때 묻은 손수건에 싸여 있다. 나는 몇 시간이고, 며칠이고, 몇 달이고 창을 통해 그 노인을 지켜보았다. 그는 언제나 지저분한 목도리를 두르고 외투를 걸치고 있다. 풀어헤친 셔츠 안으로 털이 난 가슴팍이 드러나 있다. 그의 눈꺼풀에는 낫지 않는 고질적인 병 때문에 생긴 게 분명한 붉은 염증이 있다. 그는 팔에 부적을 매고서 언제나 같은 자세로 앉아 있다. 목요일 저녁이면 큰 소리로 코란을 독송한다. 벌어진 노란 이를 드러내고서. 물건을 사가는 사람을 본 적이 없으니, 그가 코란 독송으로 생계를 잇는다는 추측이 들기도 한다. 그의 얼굴이 대부분의 나의 악몽 속에 나타나는 것 같다. 그 수놓인 터번 밑에, 파르스름하게 삭발한 두개골 속에, 그 좁은 이마 뒤에, 어떤 무지하고 고집 센 생각들이 잡초처럼 자라 있을까? 노인 앞에 펼쳐진, 잡동사니가 놓인 광목천은 노인 자신의 삶과 묘하게 닮았다는 느낌을 준다. 밖으로 가서 그와 몇 마디 말을 나누거나 그의 수집품 중에서 몇 개를 사 주자고 몇 번 마음먹었었지만 나는 차마 그럴 용기를 내지 못했다.

나의 유모에 따르면, 노인은 젊은 시절에는 도공이었다(레이는 도자기와 직물로 유명했음). 그 일을 접은 후 그는 지금 그 화병 하나만 간직한 채 행상으로 생계를 잇고 있다.

이런 것들이 나와 바깥 세계를 연결하는 고리들이다. 나의 개인적인 세계 안에 남겨진 것이라곤 나의 유모와 나의 아내가 전부이다. 하지만 유모는 내 아내의 유모이기도 하다. 그녀가 우리 둘을 키웠다. 아내와 나는 가까운 친척일 뿐 아니라 한 유모의 젖을 먹고 자랐다. 아내의 어머니는 모든 면에서 나의 어머니이기도 했다. 나는 나의 부모를 보지 못했으며 아내의 어머니 손에서 키워졌기 때문이다. 아내의 어머니는 회색 머리의 키가 큰 여인이었다. 나는 그녀를 친어머니만큼 사랑했다. 내가 그녀의 딸과 결혼한 것도 그 이유 때문이었다.

나의 아버지와 어머니에 대해서는 몇 가지 다른 설명들을 들었었다. 그중 한 가지, 유모가 말해 준 이야기만 사실일 것이라고 나는 추측한다. 유모가 나에게 말해 준 이야기는 이렇다.

나의 아버지와 숙부는 쌍둥이였다. 둘은 체구, 얼굴, 기질이 빼

다박은 듯 닮았다. 심지어 목소리도 똑같았다. 따라서 누구도 두 사람을 구분하기가 쉽지 않았다. 더구나 둘 사이에는 정신적인 유대랄까 공감대가 강하게 형성되어 있었다. 그 결과 예를 들어 한 사람이 병에 걸리면 다른 한 사람도 아팠다. 상투적인 표현을 빌면 두 사람은 하나의 사과를 둘로 쪼개 놓은 것 같았다.

인생의 어느 시기가 되었을 때 두 사람은 장사에 뛰어들었다. 그리고 스물한 살이 될 무렵 형제는 인도로 갔다. 그곳에서 그들은 다양한 종류의 직물을 포함해 레이의 물품들을 판매하기 시작했다. 풍뎅이 빛깔의 비단, 꽃무늬 천, 면직물, 주바(무슬림들이 입는 소매 달린 긴 옷), 숄, 바늘, 옹기, 백토, 필통 뚜껑 등이 그것이었다. 나의 아버지는 바라나시에 정착했으며, 숙부를 인도의 여러 도시들로 출장을 보내곤 했다. 시간이 얼마쯤 지났을 때, 아버지는 부감 다시라는 이름의 처녀를 사랑하게 되었다. 그녀는 남근상을 모신 시바 사원의 무희였다. 거대한 남근상 앞에서 의식용 춤을 추는 것 외에도 그녀는 사원의 수행원으로 일했다. 다혈질의 그녀는 구릿빛 피부에 레몬처럼 생긴 젖가슴과 위로 치켜 올라간 커다란 눈을 하고 있었다. 가느다란 눈썹이 미간에서 만났고, 이마 한가운데에 붉은 물감을 찍었다.

지금 이 순간 나는 나의 어머니 부감 다시를 그려 볼 수 있다. 금실 수놓인 비단 사리를 입고, 머리에 비단 장식을 두르고, 가슴을 드러내고, 영원의 어두운 밤처럼 검고 탐스러운 머리채는 머리 뒤로 묶고, 팔찌와 발찌를 하고, 코에는 금 코걸이를 하고, 검고 커다란 눈을 위로 치켜 올리고 눈부시게 흰 치아를 가진 그녀가 시타르, 북, 피리, 작은 종, 뿔피리의 반주에 맞추어 느리고 절제된 춤을 추고 있다. 부드럽고 단조로운 음악을 연주하는 터번 두른 맨 가슴의 남자들. 신비하고 독특한 가락이 인도인들의 묘기, 신화, 열정, 슬픔의 비밀들을 표현하는 데 집중한다. 율동적인 회전, 관능적인 몸짓, 신성한 움직임으로 사원의 춤을 표현하면서 부감 다시는 한 송이의 꽃처럼 피어난다. 그녀의 어깨와 팔 위로 떨림 이 지나가고, 그녀는 몸을 앞으로 굽혔다가 다시 뒷걸음질 친다. 모든 동작에 각각 정확한 의미가 있고, 말이 아닌 언어로 말한다. 이 모든 것이 나의 아버지에게 어떤 영향을 미쳤을까! 무엇보다 도, 그녀가 펼쳐 보이는 관능적인 몸짓은 그녀의 땀내가 가진 시 큼하고 톡 쏘는 체취에 백단향 기름과 후박나무 기름의 향이 뒤 섞이고 이국적인 나무들의 진액에서 나는 내음까지 더해지면서 의식 깊은 곳에 잠들어 있던 감각들을 일깨웠다. 나는 그 향수들 이 약상자에서 나는 냄새와 닮았다고 상상한다. 아기 방에 놓여 있던 그 약상자와. 우리는 그 약상자가 인도에서 가져왔다고 들었 다. 고대 문명에서 온 신비로운 기름들. 내가 먹곤 하던 약들에서 분명 그런 냄새가 났었다.

이 모든 것들이 나의 아버지의 마음속에서 죽어 있던 먼 기억들을 되살려 냈다. 그는 부감 다시와 사랑에 빠졌고, 사랑이 너무 깊어 그 무희의 종교인 남근 신앙을 받아들였다.

얼마 후 그녀는 임신을 했다. 그래서 더 이상 사원에서 일할 수가 없었다. 내가 태어난 직후, 나의 삼촌이 출장을 마치고 바라나시로 돌아왔다. 다른 일에 있어서도 그랬듯이 여자 문제에 있어서도 숙부의 반응은 언제나 아버지의 반응과 동일했다. 그는 열정적으로 나의 어머니를 사랑하게 되었으며, 결국은 자신의 욕망을 충족시켰다. 신체적으로 정신적으로 나의 아버지와 똑같았기에 그가 그렇게 하는 것은 전혀 어려운 일이 아니었다. 나중에 진실을 알아차린 나의 어머니는 곧바로 선언했다. 형제가 '코브라 시험'을 받지 않으면 두 사람 모두와 관계를 끊겠노라고. 형제 중 뱀의 시험에서 살아남은 자가 그녀를 차지할 것이다.

'시험'의 절차는 다음과 같았다. 나의 아버지와 숙부는 함께 지하 감옥 같은 어두운 방에 들어가 갇힐 것이다. 이미 코브라 한 마리가 그 안에 들여보내져 있다. 두 사람 중 먼저 뱀에 물린 사람은 자연히 비명을 지를 것이다. 그러면 뱀 부리는 사람이 방문을 열어 뱀에 물리지 않은 사람을 안전하게 꺼내 줄 것이다. 부감 다시는 그 생존자의 소유가 될 것이다.

두 사람이 그 어두운 방에 갇히기 전, 나의 아버지는 부감 다시에게 그 신성한 사원의 춤을 다시 한 번 추어 달라고 부탁했다. 그녀는 그렇게 하겠다고 대답하고는, 뱀 부리는 사람의 피리 음악에 맞추어 춤을 추었다. 상징적이고, 절제되고, 미끄러지는 듯한 몸놀림으로 코브라처럼 몸을 구부리고 비틀면서. 춤이 끝나자 아버지와 숙부는 뱀이 있는 방에 갇혔다. 공포의 비명 대신 사람들은 온몸에 소름을 돋게 하는 거친 웃음소리 섞인 신음 소리를 들었다. 문이 열리자 어두운 방에서 숙부가 걸어 나왔다. 그의 얼굴은 늙고 피폐해져 있었으며, 머리는 백발로 변해 있었다. 코브라의 몸이 바닥을 미끄러질 때 나는 소리, 코브라가 맹렬하게 쉭쉭거리는 소리, 뱀의 번질거리는 눈, 맹독이 든 송곳니와 혐오스러운 몸뚱이, 국자처럼 불룩한 긴 목과 작은 머리통, 이 모든 것을 생각하는 것만으로도 그 공포가 숙부를 완전히 다른 사람으로 만들었다. 그래서 방에서 걸어 나올 때쯤 그는 백발의 노인으로 변해 있었다.

계약 조건에 따라 부감 다시는 그 이후 숙부의 여자가 되었다. 무서운 것은, 살아남은 사람이 정말로 숙부인지 확실하지 않다는 점이었다. 그는 '시험'에 혼이 나가서 기억을 완전히 잃고 말았다. 그는 자신의 어린 아들을 알아보지 못했고, 그래서 사람들은 그것을 근거로 그가 숙부라고 결론지었다. 이러한 내력 때문에 나의 개인사에 기이한 분위기가 감도는 것일까? 소름 돋게 하는 커다란 웃음소리와 '코브라 시험'의 공포감이 나에게 깊은 인상을 남기고 어떤 식으로든 나의 운명과 관련지어지지 않았을까?

이때부터 나는 불청객, 애물덩어리로 전락했다. 마지막에 나의 숙부는—혹시 나의 아버지일지도 모르지만—부감 다시를 대동하고 사업차 레이 시로 돌아왔다. 그들은 나를 데려와 그곳에 사는 숙부의 누이, 즉 나의 고모에게 맡겼다.

유모가 나에게 해 준 이야기에 따르면, 나의 어머니는 작별 인사를 하면서 나를 위해 고모에게 포도주 한 병을 맡겼다. 진한 붉은색 포도주. 그 안에는 코브라의 독이 소량 들어 있었다. 부감 다시 같은 여자가 자신의 자식한테 남긴 정표로 그보다 더 적당한 것이 있을까? 진한 붉은색 포도주. 영원한 평안을 안겨 줄 죽음의 묘약. 아마도 그녀 역시 포도송이에서 즙을 짜듯이 자신의 삶을 쥐어짰을 것이고, 이제 거기서 나온 술을 나에게 준 것이다. 내 아버지를 죽인 바로 그 독을. 그녀가 나에게 얼마나 귀한 선물을 주었는지 이제야 나는 이해한다.

나의 생모는 아직 살아 있을까? 내가 글을 쓰고 있는 이 순간, 어쩌면 그녀는 뱀처럼 몸을 구부리고 비틀고 있을지도 모른다. 코브라 뱀에 물린 사람이 마치 자기 자신인 것처럼, 인도의 머나먼 어느 도시의 광장에서 횃불 아래 춤을 추고 있을지도 모른다. 여자들과 아이들, 흑심을 품은 웃통 벗은 남자들이 그녀를 에워싸고 그녀의 춤을 구경하고 있을 것이다. 백발의 구부정한 나의 아버지는—혹은 숙부일지 모르지만—무리 끄트머리 어딘가에 앉아 그녀를 지켜보면서 지하의 그 방과 쉭쉭거리며 앞으로 미끄러져 오던 성난 코브라를 기억하리라. 뱀의 치켜든 머리, 국자처럼 불룩 튀어나온 목, 계속 커지면서 색이 짙어지던 뒤통수의 안경 모양의 곡선을.

아무튼 나는 어린 아기일 때 유모의 손에 맡겨졌다. 유모는 훗날 내 아내가 된, 고모의 딸도 함께 젖을 먹여 키웠다. 나는 고모의 집에서 자랐는데, 고모는 관자놀이께에 흰머리가 난 키가 큰 여인이었다. 같은 집에서 고모의 딸인 그녀도 자랐다.

어렸을 때부터 나는 고모를 어머니로 여겼고 깊이 사랑했다. 고모를 너무 깊이 사랑한 나머지, 훗날 내 젖동생인 고모의 딸과 결혼했다. 그녀가 고모를 닮았다는 이유 하나만으로.

아니다. 나는 하는 수 없이 그녀와 결혼했다. 그녀가 딱 한 번 나에게 자기를 주었다. 그 일은 결코 잊지 못할 것이다. 그 일은 그녀의 죽은 어머니의 시신 옆에서 일어났다. 늦은 밤, 모두가 잠자리에 들었을 때 나는 잠옷 바람으로 일어나 죽은 여인의 방으로 갔다. 마지막 작별 인사를 하기 위해서였다. 시신의 머리맡에는 백랍으로 만든 초 두 개가 타고 있었다. 시신의 배 위에는 악마가 그녀의 몸에 들어가는 것을 막기 위해 코란이 놓여 있었다.

나는 시신을 덮은 천을 들추고 다시 한 번 고모를 보았다. 품위 있고 밝은 그녀의 얼굴에서 이 세상에 대한 집착의 편린들이 사라진 것이 느껴졌다. 그녀의 표정을 보자 나도 모르게 머리가 숙여졌고, 동시에 죽음이 정상적이고 자연스러운 일로 다가왔다. 그녀의 입가에 묘한 미소가 희미하게 번져 있었다. 고모의 손에 입을 맞추고 나서 방을 나가기 위해 몸을 돌리는 순간, 지금은 내 아내가 된 그녀가 방에 들어와 있는 것을 보고 나는 화들짝 놀랐다. 그곳 자신의 어머니의 주검 앞에서 그녀는 내게 몸을 밀착시켜 껴안으면서 열정적인 키스를 퍼부었다. 나는 수치심에 바닥으로 주저앉을 수도 있었지만 당연히 해야 할 일을 할 의지력을 이미 상실했다. 고인은 우리를 조롱하듯 이를 보이고 웃고 있었다. 조금 전에 짓고 있던 그 고요한 미소와는 표정이 변한 듯한 인상이었다. 내가 기계적으로 그녀를 안고 키스에 화답하는데 갑자기 옆방과 연결된 문에 처져 있던 커튼이 열렸다. 그리고 고모의 남편인, 그녀의 아버지가 방으로 들어왔다. 그는 구부정한 노인이었으며, 목에는 목도리를 두르고 있었다.

그가 귀에 거슬리는, 소름 돋는 공허한 웃음을 터뜨렸다. 온몸에 털이 곤두서게 하는 그런 웃음이었다. 웃음 때문에 그의 어깨가 흔들리고 있었다. 그러나 그는 우리 쪽을 쳐다보지 않았다. 나는 수치심에 땅속으로 꺼질 수도 있을 것 같았다. 만일 기운만 있었다면, 우리를 조롱하듯 바라보고 있는 시신의 뺨을 후려갈겼을지도 모른다. 나는 수치심에 사로잡혀 무작정 방을 뛰쳐나갔다. 이 모든 것이 그 매음녀 탓이다! 그녀가 사전에 모든 일을 계획했을 가능성이 농후했다. 나를 자신과 결혼할 수밖에 없는 상황으로 몰아넣기 위해.

그리고 실제로 같이 한 젖을 먹고 자란 남매였지만, 그녀의 명예를 지켜 주기 위해서는 결혼을 해야만 했다. 그녀는 처녀가 아니었다. 나는 그 사실조차 자각하지 못했다. 그리고 그런 것을 알 만한 처지가 아니었다. 나중에 사람들이 수군대는 말을 듣고서야 사실을 알았을 뿐이다. 첫날밤 신방에 둘만 있게 되자, 그녀는 옷을 벗기를 거부했다. 내가 아무리 설득하고 애원해도 '지금이 한 달에 한 번씩 찾아오는 그때'라고만 말했다. 그녀는 내가 자기에게 가까이 오는 것을 허락하지 않았고, 불을 끄더니 방 반대편으로 가서 자려고 누웠다. 그녀는 사시나무처럼 떨고 있었다. 누가 봤다면 그녀가 마치 이무기가 있는 지하 감옥에라도 갇힌 줄 알았을 것이다. 그녀는 내가 자신의 입술에 키스 한 번 하는 것조차 허용하지 않았다. 누가 이 말을 믿을까? 실제로 믿을 수 없는 일이었다.

이튿날 밤에도 나는 전날 밤처럼 바닥에서 잤고, 그 다음날도 비슷했다. 달리 어찌 해 볼 용기가 없었다. 그렇게 상당한 기간이 흘렀다. 그 기간 내내 나는 방 반대편 구석에서 아내로부터 떨어져서 자야만 했다. 누가 이것을 믿을 것인가? 두 달 동안, 아니 정확히 두 달 하고 나흘 동안 나는 그녀와 떨어져 바닥에서 잤으며, 그녀에게 접근할 용기를 내지 못했다.

그녀는 자신의 처녀성의 징표를 미리 준비해 두었었다. 자세히는 모른다. 아마도 자고새의 피를 천에 뿌려 두었을지도 모른다. 아니면 나를 큰 웃음거리로 만들기 위해, 자신의 애인과 첫 밤을 지냈을 때 간직했던 천을 내밀었는지도 모른다. 그 당시 모두가 나를 축하해 주었다. 그들은 서로 눈을 찡긋거렸다. 그들은 "저 친구가 어젯밤 정말로 성을 점령한 걸까?" 하고 말하는 듯했다. 나는 최대한 좋은 표정을 지으면서 아무것도 눈치채지 못한 척했다. 그들은 나를, 내 무지를 비웃었다. 나는 언젠가 모든 이야기를 기록하기로 마음먹었다.

그녀가 도처에 애인을 두고 있다는 사실을 나는 나중에야 알았다. 그녀가 나를 미워하는 이유는 성직자가 우리에게 아랍어 몇 마디를 암송함으로써 내가 그녀의 남편이 된 것이 못마땅했기 때문인지도 모른다. 아마도 그녀는 그저 자유롭기를 원했을 것이다. 마침내 어느 날 밤 나는 강제로라도 그녀와 잠자리를 함께 하기로 마음먹고 결심을 실행에 옮겼다. 격렬한 몸싸움을 벌인 끝에 그녀는 나를 두고 이부자리에서 빠져나갔다. 내가 맛본 유일한 만족감은 그날 밤 그녀의 침대에서 몸을 웅크리고 아침까지 잘 수 있었다는 것이다. 그녀의 체취와 따뜻한 온기가 이부자리에 가득 스며 있었다. 내가 평온한 잠을 만끽한 것은 그날 밤이 유일했다. 그 후 그녀는 다른 방에서 자기 시작했다.

날이 저물어 집으로 돌아가면 그녀는 여전히 외출 중이었다. 아니면 그녀가 집에 와 있는지도 모르지만 나는 굳이 알려고 하지 않았다. 고독과 죽음은 나의 숙명이었으므로. 이 역시 누구도 믿지 않겠지만, 나는 그녀의 연인들과 어떻게든 관계를 맺고 싶어서 그녀의 마음을 사로잡은 남자들을 모두 수소문하고 동정을 살폈다. 그들과 알고 지내기 위해 온갖 굴욕을 견뎌 냈다. 그들에게 아첨을 하고, 내 아내를 만나라고 재촉하고, 심지어 그들을 집으로 데려가기도 했다. 그녀가 고른 남자들이라니! 장물아비, 법학자, 고기 파는 행상, 경찰서장, 수상쩍은 회교 법전 전문가, 철학자……. 이름도 직업도 다양했지만 다들 양 머리 고기 파는 남자의 조수 노릇하기에도 적합하지 않은 인물들이었다. 그런데도 그녀는 나보다 그 작자들을 좋아했다. 내가 얼마나 비참한 자기비하로 움츠러들면서 그녀와 그 남자들에게 굽실거렸는지 말해도 아무도 믿지 않을 것이다. 그렇게 처신한 것은 아내에게 버림받을까 두려웠기 때문이다. 아내의 연인들에게서 행동하는 법, 예의, 유혹의 기술을 배우고 싶었다! 그러나 뚜쟁이 노릇은 성공하지 못했고, 그 멍청이들은 나를 대놓고 비웃었다. 하긴 내가 어떻게 그런 속물들에게 예의와 행동하는 법을 배울 수 있겠는가. 이제 나는 안다. 그녀가 그들을 사랑한 이유는 정확히 그들이 수치를 모르고, 아둔하고, 찌질한 자들이기 때문이었다. 그녀의 사랑은 원래 추잡함이나 죽음과 분리될 수 없이 결합되어 있었다. 나는 정말로 그녀와 동침을 원했을까? 내가 그녀를 사랑하게 된 것은 그녀의 외모 때문이었을까? 혹은 그녀가 내게 드러내는 혐오감이나 일반적인 행동 때문이었을까? 혹은 아주 어렸을 때부터 내가 그녀의 어머니에게 느낀 깊은 애착 때문이었을까? 아니면 이 모든 요인이 합쳐져서일까? 나는 알지 못한다. 단 한 가지만은 안다. 내 아내, 그 매음녀, 그 마녀가 내 영혼에, 내 온 존재 안에 무엇인지 알 수 없는 독을 주입했다는 것. 그 독이 나로 하여금 그녀를 원하게 만들 뿐 아니라, 내 육체의 작은 세포까지도 그녀의 모든 세포를 갈망하고 그 욕망에 큰 소리로 울부짖게 한다는 것. 나는 우리 두 사람 외에는 아무도 없는 외딴 섬에 그녀와 함께 있기를 갈구했다. 지진이나 폭풍우, 하늘에서 내리치는 번개가 내 방의 벽 바깥에서 숨쉬고, 북적거리고, 인생을 즐기고 있는 모든 속물들을 날려 버리고 오로지 그녀와 나만 남게 되기를 나는 희망했다.

하지만 그렇게 된다 해도 그녀는 다른 생물들, 이를테면 인도의 뱀과 이무기를 나보다 더 좋아할까? 나는 그녀와 하룻밤 같이 지내고, 그녀 품에 안겨 그녀와 함께 죽기를 갈망했다. 그것이 내 존재의 숭고한 귀결이 될 것이라고 나는 느꼈다.

내가 고뇌로 쇠약해져 가고 있는 동안 그 매음녀는 나를 고문하는 데서 은밀한 쾌감을 느끼는 눈치였다. 결국 나는 모든 활동과 관심사를 중단하고 내 방에 박혀 신송장처럼 지냈다. 우리 둘 사이에 존재하는 비밀은 아무도 알지 못했다. 서서히 죽어가는 나를 지켜보는 늙은 유모조차 나를 비난하면서 그 매음녀 편을 들었으니까! 내 등 뒤에서, 내 주위에서, 사람들이 수군대는 소리가 들렸다. '저 가련한 여자가 정신 나간 남편을 어떻게 견딜 수 있겠어?' 그들이 그렇게 말하는 것도 당연한 일이었다. 내 자기비하는 상상할 수 있는 정도를 넘어서 있었기 때문이다.

나는 나날이 쇠약해져 갔다. 거울에 자신의 얼굴을 비쳐 보면 뺨이 푸줏간 밖에 내걸린 고기처럼 적갈색으로 변해 있었다. 몸은 열에 들떠 이글거렸고, 눈의 표정은 흐리멍덩하고 우울했다.

나는 내 안색의 변화가 기뻤다. 눈 속에 죽음의 그림자가 드리워진 것을 보았다. 떠날 때가 된 것을 나는 알았다.

마침내 그들은 의사를 불렀다. 속물 중의 하나인 의사였다. 그 집안의 주치의로, 자기 말마따나 '우리 모두 그의 손에서' 자랐다. 수놓인 터번을 머리에 두르고 세 뼘이나 되는 긴 수염을 기른 그가 방 안으로 들어왔다. 그는 자신이 한창 때 내 조부에게 정력 회복제를 처방했으며, 나에게 회색 가루를 투여했고, 고모의 목 너머로 계피를 강제로 밀어 넣었다고 자랑스럽게 떠들었다. 여하 튼 그는 곧바로 다가오더니 내 침상에 엉덩이를 걸쳤다. 내 맥을 짚고 혀를 검사한 후 그는 전문적인 처방을 내렸다. 당나귀 젖과 보리차를 먹일 것, 하루 두 차례씩 방을 옻나무 수액과 비소로 훈증 소독할 것. 그는 또 유모에게 약초 추출물과 이름도 그럴싸 한 괴상하기 짝이 없는 기름들이 적힌 긴 처방전을 주었다. 박하 풀, 올리브기름, 감초 우린 물, 장뇌, 공작고사리, 캐모마일 기름, 월계수 기름, 아마유, 전나무 열매 같은 허접 쓰레기 같은 것들이 었다.

내 상태는 점점 악화되었다. 아내의 유모이기도 한 흰 머리의 유모만이 나를 돌보며 약을 가져다주거나, 옆에 앉아서 찬물로 이마를 식혀 주었다. 유모는 그 매음녀와 나의 어릴 적 이야기를 하곤 했다. 예를 들면 내 아내가 어려서부터 왼손 손톱을 물어뜯 는 습관이 있어서 때로는 손톱 밑 생살까지 물어뜯곤 했다고 말 했다. 이따금 유모의 이야기를 들으면 내 인생이 되돌려져서 다시 아이가 된 기분이 들었다. 그 이야기들은 그 시절의 나의 기억과 밀접한 관련이 있는 것들이기 때문이었다. 내가 아주 어렸을 때, 가끔 아내와 내가 한 요람에서 잠들곤 했던 기억이 선명하다. 우리가 2인용 요람에 누우면 유모는 똑같은 이야기들을 들려주곤 했다. 이야기 중에는 당시로서는 터무니없게 여겨진 것도 있었다. 하지만 지금의 나에게 있어서는 그 이야기들이 지극히 자연스럽고 믿음이 가는 것들이었다.

나의 병약한 상태는 내 안에 새로운 세계를 탄생시켰다. 그 혼돈스러운 미지의 세계는 건강한 사람이라면 상상도 할 수 없는 형태와 색채와 욕망들로 가득 차 있었다. 이런 상황에서 유모가 쏟아내는 이야기 속 사건들은 표현하기 힘든 기쁨과 흥분으로 나를 채워 주었다. 다시 어린아이가 된 기분이었다. 이 글을 쓰는 이 순간도 그 감각들이 느껴진다. 그 감각들은 모두 현재에 속해 있다. 그것들은 과거의 요소가 될 수 없다.

과거의 인간들의 행동, 사상, 열망, 관습은 그러한 이야기라는 수단을 통해 후세 사람들에게 전해지는 것이 아닐까? 그러한 이야기들은 인간의 삶에 필수적인 요소가 아닐까? 수천 년 동안 사람들은 똑같은 말을 하고, 똑같은 성행위를 하고, 똑같은 유치한 걱정으로 자신을 괴롭혀 왔다. 삶이란 처음부터 끝까지 터무니없는 이야기, 말도 안 되는 멍청한 긴 사연이 아닐까? 지금 내가 쓰고 있는 것도 그런 허구의 개인적인 단면이 아닐까? 이야기는 목적을 이루지 못한 열망의 배출구일 뿐이다. 화자가 과거 세대에게서 물려받은 제한된 정신적 범위 안에서 품은 열망의 배출구.

순진무구한 아이였던 그 시절처럼 평화롭게 잠을 잘 수만 있다면 얼마나 좋을까! 그 시절에는 고요히, 그리고 쉽게 잠이 들었다. 지금은 눈을 뜨면 푸줏간 앞에 걸린 고기처럼 뺨이 적갈색으로 변해 있다. 몸은 열에 들뜨고, 목구멍 깊은 곳에서는 무서울 만큼 깊은 기침이 터져 나온다! 몸속 얼마나 깊은 동굴에서 기침이 나오는지 상상이 불가능할 정도이다. 매일 아침 내 방 창문 맞은편의 푸줏간에 양의 시체를 싣고 오는 말들의 기침소리와 닮아 있었다.

그때가 잊혀지지 않는다. 날은 완전히 어두워져 있었다. 나는 몇 분 동안 혼수상태에 빠져 가만히 누워 있었다. 전에는 잠들기 전에 혼잣말을 하곤 했었다. 그러나 지금 나는 자신이 다시 아이가 되어 요람에 누워 있다고 믿었다. 그때 곁에 누군가 있는 것이 느껴졌다. 식구들은 잠자리에 든 지 몇 시간이나 지나 있었다. 동트기 직전이었다. 자기 존재가 세상의 경계를 넘는 듯한 느낌이 드는 시간이 이때라는 것을 병자들은 잘 안다. 심장이 격렬하게 고동쳤다. 그러나 두려움을 느끼지는 않았다. 눈을 떴지만 사람의 모습은 보이지 않았다. 주위를 짙은 어둠이 지배하고 있었다. 몇 분이 지났다. 한 가지 생각이, 병자의 생각이 머릿속에 떠올랐다. 나는 혼잣말로 중얼거렸다.

"그 여자인지도 모른다!"

바로 그 순간, 불타는 내 이마에 차가운 손 하나가 얹혀졌다.

나는 전율했다. 두세 번 나는 스스로에게 물었다. 이 손은 에즈라일(죽음의 천사)이 아닐까? 그러고는 잠이 들었다. 아침에 눈을 뜨니 유모가 내게 말했다.

"내 딸이 네 침대에 와서, 네 머리를 제 무릎에 얹고는 갓난아기처럼 흔들어 주더구나."

유모가 말하는 '내 딸'이란 곧 내 아내, 그 매음녀를 가리키는 것이었다. 그녀 안에서 불현듯 모성애적인 감정이 깨어났겠지. 아, 그 순간에 그대로 죽을 수 있었다면! 어쩌면 그녀가 낳은 아기가 죽은 것인지도 모른다. 그녀가 아기를 낳았던가? 나는 모르는 일이었다.

시시각각 무덤처럼 좁아지고 어두워지는 방에 누워서 나는 깨어 있는 시간에는 줄곧 문을 지켜보았다. 아내가 나를 만나러 올지 모른다는 희망을 품고서. 하지만 그녀는 결코 오지 않았다. 내가 이런 상태에 놓인 것은 그녀 때문이 아니던가? 3년 동안, 아니 정확히는 3년 4개월 동안 나는 이런 식으로 고통받아 왔다. 하긴 몇 날 며칠이 나에게 무슨 의미가 있겠는가. 나에게 그것은 아무 의미도 없었다. 무덤 속에 누워 있는 자에게 시간은 무의미하다. 이 방은 내 존재의 무덤, 내 마음의 무덤이었다. 정신적으로도 육체적으로도 하나의 정해진 틀 속에서 살아가는 사람들, 속물들

의 삶에 넘치는 부산함과 소란함과 가식이 내게는 낯설고 무의미
했다. 병상에 갇혀 지낸 이후로 나는 상상도 할 수 없는 불가사의
한 세계에서 살았기 때문에 그곳에서는 속물들의 세상이 별로
필요하지 않았다. 내 안에 존재하는 세상, 미지의 세계가 있었다.
나는 그 세계를 구석구석 파헤치고 탐구하고 싶은 내적인 충동
을 느꼈다.

　내 존재가 두 세계의 경계를 맴도는 밤이 되면 깊고 공허한 잠
속으로 빠져들기 직전 나는 꿈을 꾸곤 했다. 그 짧은 순간에 깨어
있을 때의 삶과는 완전히 다른 삶 속으로 건너갔다. 머나먼 장소
에서 다른 공기를 호흡했다. 아마도 나 자신으로부터 달아나 나
의 운명을 바꾸기를 희망했기 때문일 것이다. 눈을 감으면 나의
진정한 세계가 눈앞에 나타났다. 내가 보는 이미지들은 그 자체
의 독립된 삶을 가지고 있었다. 그것들은 멋대로 흐려졌다가 다시
나타났으며, 내 자유 의지로는 그것들을 통제하는 것이 불가능해
보였다. 그러나 이 점은 확실하지 않다. 눈앞을 스쳐 지나가는 장
면들은 평범한 꿈이 아니었다. 왜냐하면 나는 아직 잠든 것이 아
니었기 때문이다. 침묵과 정적 속에서 나는 다양한 이미지들을
구분하고, 그것들을 서로 비교했다. 지금까지 내가 나 자신을 알
지 못했던 것 같았다. 그때까지 생각했던 세계가 의미와 타당성을
잃고, 그 자리에 밤의 어둠이 들어섰다. 왜냐하면 나는 밤을 직시

하고 밤을 사랑하도록 배우지 못했기 때문이다.

그럴 때 내가 의지대로 팔을 움직일 수 있었는지는 분명하지 않다. 그러나 일단 팔을 내버려 두면 제멋대로 움직이기 시작할 것 같았다. 내가 영향력을 행사하거나 그것의 움직임을 통제하지 못하고 그 자체로 어떤 신비한 동력의 지배를 받을 것 같았다. 그리고 내가 내 몸을 계속해서 신중하게 관찰하고 통제하지 않으면 몸이 전혀 예상할 수 없는 일들을 할 것만 같았다.

나에게 오랫동안 익숙해져 온 느낌은 바로 이것, 내가 아직 살아 있는데도 서서히 분해되어 가고 있다는 점이었다. 내 심장은 내 육체만이 아니라 내 마음과도 늘 불화를 일으켰다. 나는 언제나 부패해 가는 상태에, 점진적으로 해체되어 가는 상태에 있었다. 때때로 나 자신도 이해할 수 없는 생각들이 떠올랐다. 어떤 때는 연민의 감정이 밀려들었고, 이성은 그런 나를 나무랐다. 누구와 대화하거나 일을 처리할 때면 이런저런 주제에 대해 의견을 밝혔지만, 마음은 온통 다른 곳에 가 있어서 완전히 다른 것을 생각하면서 동시에 그런 나 자신을 책망하고 있었다. 나는 무로 돌아가고 있는 덩어리였다. 분해되어 가고 있는 덩어리. 화합할 수 없는 요소들의 기이한 집합체. 내가 보기에는 언제나 그러했고, 앞으로도 그럴 것 같았다.

참을 수 없이 고통스러운 생각은 이것이었다. 내가 얼굴을 맞대고 함께 살아가는 모든 사람들로부터 나 자신이 멀리 동떨어져 있다고 느끼면서도, 동시에 나 자신이 외견상으로는 그들과 비슷한 존재라는 사실이었다. 비슷한 점이 거의 없어 보이면서도 인간으로서의 유사성이 나를 그들과 연결시키고 있었다. 이런 유사성에 대한 놀라움은 나의 신체적인 욕구가 그들의 욕구와 똑같다는 사실을 알고는 줄어들었다. 무엇보다 나를 고통스럽게 하는 유사성은, 속물들도 나처럼 그 매음녀, 즉 나의 아내를 좋아하고 있고, 그녀 쪽도 나보다 그들에게 더 욕망을 느낀다는 점이었다. 분명 우리 두 사람 중 어느 쪽인가에 결함이 있었다.

내가 아내를 '매음녀'라고 부르는 것은 그녀에게 그것보다 더 어울리는 호칭이 없기 때문이다. 나는 그녀를 단순히 '내 아내'라고 부르고 싶지 않다. 둘 사이에 부부 생활이 존재하지 않았으므로 '아내'라고 부른다면 나 자신을 속이는 것이 될 것이다. 처음부터 나는 그녀를 '매음녀'라고 불렀고, 그 단어가 나에게는 묘한 매력을 불러일으켰다. 나는 그녀와 결혼했다. 그러나 그것은 먼저 그녀 쪽이 나를 유혹하고, 그 술수에 내가 넘어간 결과에 지나지 않았다. 그녀는 목적의식을 갖고 허위로 접근했다. 그렇다, 그녀는 조금도 나에 대한 애정을 가지고 있지 않았다. 어떻게 그녀가 누군가에게 애정을 가질 수 있겠는가? 육체의 욕망을 채워 줄 남자를, 애인 노릇을 해 줄 남자를, 고통을 가하고픈 욕구를 충족시킬 남자가 필요할 뿐인 음탕한 여자가! 그녀가 이 세 유형의 남자에만 만족했다고는 나는 생각하지 않는다. 어쨌든 그녀는 고통을 가하고픈 대상으로 나를 선택했다. 솔직히 말하면 그녀는 이보다 좋은 상대를 고를 수 없었을 것이다. 나는 나대로 그녀가 그녀의 어머니를 닮았고, 또한 어딘가 나와 비슷한 점이 있다는 이유에서 그녀와 결혼했다. 또 이즈음 나는 그녀를 사랑할 뿐 아니리 내 온몸의 세포가 그녀를 갈망했다. 그 어떤 부분보다도 특히 나의 사타구니가 원했다. 이런 말을 하는 것은 진짜 감정을 '사랑'이니 '애정'이니 '성스런 감정'이니 하는 환상적인 베일로 은폐하고 싶지 않기 때문이다. 문학적인 완곡어법은 나의 취향이 아니다. 우리 둘 다 서로의 사타구니에서 마치 예언자의 머리 둘레에 그려져 있는 광채나 후광 같은 것이 맥박치고 있다고 나는 느꼈다. 그녀의 사타구니 주위에 둘러쳐진 후광을 나의 허약하고 병든 후광이 찾고 있었고, 안간힘을 써서 그쪽으로 가려고 버둥대고 있었다.

　나는 몸이 호전되었다. 나는 떠나기로 결심했다. 사람들이 다시는 나를 찾지 못할 곳으로. 자신이 죽어가고 있음을 아는 병든 개처럼, 죽을 때가 왔을 때 숨는 새들처럼. 어느 이른 아침, 나는 일어나서 옷을 입고 선반 꼭대기에 놓여 있는 떡 두 덩이를 챙겨 아무도 눈치채지 못하게 집을 빠져나왔다. 나 자신의 불행으로부터 달아났다. 나는 거리를 따라 정처 없이 걸었다. 목적지를 정하지 않고 속물들 사이를 돌아다녔다. 그들은 돈과 성적 만족을 찾아 탐욕스러운 표정으로 분주하게 지나갔다. 그들을 굳이 쳐다볼 필요도 없었다. 열 명이면 열 명 모두 그런 부류였기 때문이다. 그들 모두 입과 그 아래 매달린 오장육부로 이루어져 있고, 끝에는 성기가 달려 있었다.

갑자기 내 몸이 더 가벼워지고 더 민첩해진 느낌이 들었다. 그때까지 상상하지도 못했을 정도로 두 다리의 근육이 유연하고 빠르게 움직였다. 존재의 모든 족쇄로부터 벗어난 기분이었다. 이것이 원래 나의 자연스러운 몸놀림인 듯했다. 어린 시절, 고민과 책임감의 짐에서 빠져나올 때마다 나는 이런 식으로 걸었었다.

해가 이미 높이 떠올랐다. 불타는 듯한 더위였다. 정신을 차리고 보니 인적 없는 길을 걷고 있었다. 길옆에는 정육면체, 각기둥, 원뿔 모양의 이상한 도형의 회색 집들이 줄지어 있었다. 집집마다 낮고 어두운 창문이 나 있었다. 창문이 도저히 열리지 않을 것 같고, 집들은 아무도 살지 않는 임시 막사처럼 보였다. 어떤 생명체도 그 안에서 살 수 없을 것 같았다.

황금으로 된 칼처럼 햇빛이 담에 드리워진 그늘을 깎아 내고 있었다. 거리 양옆으로는 회반죽을 바른 오래된 담들이 둘러쳐져 있었다. 사방이 평화롭고 고요했다. 마치 불타는 대기가 부여한 고요와 침묵의 신성한 법에 모든 것이 복종하는 듯했다. 눈길이 가닿는 곳 어디에나 비밀이 숨겨져 있는 것 같았다. 내 폐는 감히 공기를 들이마시는 것을 주저했다.

문득 나는 자신이 성문 밖에 와 있다는 것을 자각했다. 태양이 천 개의 입으로 내 몸의 땀을 빨아들였다. 뜨겁게 이글거리는 태양 아래서 사막 식물들은 드넓게 펼쳐진 강횡(생강과의 여러해살이 풀로 카레 요리에 쓰임) 밭처럼 보였다. 태양은 열에 들뜬 눈동자 같았다. 그 태양이 하늘 깊은 곳으로부터 불타는 광선을 침묵 위에 쏟아 부었다. 죽은 듯한 풍경이었다. 대지와 식물들은 독특한 냄새를 내뿜었다. 내 유년기의 어떤 순간들을 기억나게 하는 냄새였다. 냄새는 그 시기의 행동과 말을 불러낼 뿐 아니라, 한순간 그 시절이 되돌아온 느낌을 주었다. 그 일들이 바로 그날 일어난 것만 같았다. 나는 기분 좋은 현기증 같은 것을 경험했다. 한없이 먼 세상에서 내가 다시 태어난 것만 같았다. 이런 감각은 오래된 달콤한 포도주처럼 마음을 취하게 하는 데가 있어서 내 몸의 모든 혈관과 신경에 영향을 미쳤다. 나는 가시나무와 돌멩이, 나무 그루터기, 야트막한 백리향 관목들을 알아차렸다. 익숙한 풀 냄새도 알아차렸다. 내 삶의 오래전 날들이 되돌아왔다. 그러나 그 기억들 모두가 마법에 걸린 것처럼 기이하게도 나로부터 멀리 떨어져서 그것들 자체의 독립적인 삶을 살아가고 있었다. 마치 나는 먼 거리에서 수동적으로 바라보는 관객인 것처럼. 이제 나는 나의 심장이 텅 비는 것을 느꼈다. 식물들의 향기는 그 시절에 가졌던 마법을 잃어버렸다. 사이프러스 나무들은 더 드문드문해졌고 언덕은 더 황량해졌다. 이제 과거에 존재했던 '나'라는 사람은 더 이상 모습이 보이지 않았다. 설령 마법으로 그를 불러내어 말을 걸 수 있었다 해도, 그는 내 말을 듣지 않았을 것이다. 내 말을 들었다 해도 이해하지 못했을 것이다. 그의 얼굴은 전에 내가 잘 알았던 사람의 얼굴과 닮았지만 이제는 나도 아니고 나와 닮은 얼굴도 아니었다.

세상은 나에게 황량한 빈 집 같았다. 마치 맨발로 그 집의 모든 방들을 탐색해야만 하는 것처럼 마음에 불안감이 차올랐다. 이 방 저 방 돌아다니지만, 마지막 방에 들어가면 그 매음녀와 마주치게 될 것이다. 그때 문들이 등 뒤에서 저절로 닫히고, 몸을 떠는 벽의 흐린 그림자들만이 흑인 노예들처럼 내 주위를 지켜줄 것이다.

수란 강에 거의 다다랐을 때, 내 앞에는 불모지의 돌투성이 언덕 하나가 나타났다. 그 언덕의 황량하고 울퉁불퉁한 윤곽선을 보자 유모가 떠올랐다. 언덕과 유모 사이에는 무엇인가 닮은 점이 있었다. 언덕을 빙 돌자 사방이 언덕들로 둘러싸인 초록색의 작은 공터와 만났다. 평평한 지면을 나팔꽃 넝쿨이 뒤덮고 있었다.

한쪽 언덕 정상에는 묵직한 벽돌로 지은 성채가 우뚝 서 있었다.

문득 내가 피곤하다는 것을 깨달았다. 나는 수란 강으로 걸어가서 강둑에 서 있는 늙은 사이프러스 나무 아래의 고운 모래 위에 앉았다. 평화롭고 외딴 장소였다. 지금껏 사람의 발길이 한 번도 닿지 않았던 곳이라고 느껴졌다. 그때 갑자기 사이프러스 나무들 뒤에서 한 어린 소녀가 나타나 성체 방향으로 걸어갔다. 아주 곱고 가벼운 천으로 된 검은 옷을 입고 있었다. 그녀는 왼손의 손톱을 물어뜯고 있었으며, 거리낌 없이 편안하게 미끄러지듯 걸었다. 그녀를 전에 본 적이 있고 그녀가 누구인지 안다는 느낌이 들었지만 확신할 수가 없었다. 문득 그녀가 사라졌다. 그녀와의 거리가 먼 데다 태양이 이글거렸기 때문에 그녀가 어디로 갔는지 볼 수가 없었다.

나는 망연자실해서 미동도 못하고 그대로 있었다. 나의 두 눈으로 그녀가 내 앞을 지나가 사라진 것을 분명히 보았다. 하지만 그녀는 실제 인물이었을까, 환영이었을까? 내가 그녀를 꿈속에서 본 것일까, 아니면 생시였을까? 그녀의 얼굴을 기억해 보려고 애썼지만 헛수고였다. 이상한 전율이 등줄기를 타고 흘렀다. 그 시각이 하루 중 언덕 위 성에 거주하는 망령들이 일제히 되살아나는 시간이라는 생각이 퍼뜩 떠올랐다. 그 어린 소녀가 옛 도시 레이의 주민 중 한 사람일지도 모른다는 생각이 들었다.

눈앞의 풍경이 돌연 익숙하게 다가왔다. 어린 시절 노루즈의 13일째 되던 날, 장모와 그 매음녀와 함께 이곳에 왔었던 기억이 났다. 그날 우리는 이 사이프러스 나무들 저쪽 끄트머리에서 몇 시간이나 서로 잡으려고 뛰어다니며 놀았다. 그러다가 다른 아이들이 우리와 함께 했다. 그들이 누구였는지는 잘 기억나지 않는다. 우리는 숨바꼭질을 했다. 한번은 내가 그녀를 잡기 위해 수란 강둑을 달려가는데 그녀의 발이 미끄러져 물에 빠졌다. 사람들이 그녀를 건져, 사이프러스 나무 뒤로 데려가 옷을 갈아입게 했다. 나도 그들을 쫓아갔다. 사람들은 여자 옷으로 그녀의 몸을 가려주었지만 나는 나무 뒤에 몰래 숨어서 그녀의 알몸을 훔쳐보았다. 그녀는 미소를 지으며 왼손 검지 손톱을 물어뜯었다. 그러자 사람들은 그녀의 몸을 흰 숄로 감싸고, 고운 비단으로 만든 그녀의 검은 옷을 태양 아래 말렸다.

나는 늙은 사이프러스 나무 아래, 고운 모래 위에 길게 누웠다. 물 흐르는 소리가 귀에 들렸다. 물소리가 뚝뚝 끊겨서 꿈꾸는 사람이 중얼거리는 알아듣기 힘든 음절들 같았다. 나는 무의식적으로 따뜻하고 촉촉한 모래에 손을 넣었다. 그 따뜻하고 습기 찬 모래를 손 안에 꼭 움켜쥐었다. 물에 빠졌다가 옷을 갈아입은 소녀의 단단한 살의 느낌이었다.

얼마나 오래 그렇게 있었는지는 알지 못한다. 나는 일어나서 무의식적으로 걷기 시작했다. 시골 전체가 고요하고 평화로웠다. 나는 주변을 완전히 잊은 채 계속해서 걸었다. 나의 통제력을 넘어선 어떤 힘에 떠밀려 계속 걸음을 옮겼다. 내 모든 주의력은 나의 발에만 집중되어 있었다. 평소처럼 걷지 않고 미끄러지듯 걸었다. 검은 옷을 입은 소녀가 걸었던 것처럼.

정신을 차리고 보니 나는 도시로 돌아와 처갓집 앞에 서 있었다. 내가 따라간 길이 어쩌다가 나를 처갓집으로 데려왔는지는 모른다. 그 집의 어린 아들인 나의 처남이 집 밖 돌 벤치에 앉아 있었다. 처남과 내 아내는 한 개의 사과를 반으로 쪼갠 것처럼 닮았다. 처남은 위로 치켜 올라간 투르크멘 족의 눈과 도드라진 광대뼈, 잘 익은 밀 같은 얼굴색, 관능적인 콧구멍, 그리고 갸름하고 강한 얼굴을 가지고 있었다. 처남은 그곳에 앉아서 왼손 검지손가락으로 자신의 입술을 누르고 있었다. 나는 무의식적으로 그에게 다가가서, 호주머니에서 떡 두 덩이를 꺼내 주며 말했다.

"엄마가 너한테 주는 거야."

처남은 세상을 떠난 어머니에 대한 그리움 때문에 제 누이를 '엄마'라고 부르곤 했다. 아이는 약간 머뭇거리면서 떡을 받더니 투르크멘 족의 눈에 놀란 표정을 담고 떡을 바라보았다. 나는 처남 옆 벤치에 앉았다. 그런 다음 그를 무릎에 앉히고 꼭 끌어안았다. 그의 몸이 따뜻했고, 그 종아리가 내 아내의 종아리를 연상시켰다. 처남도 제 누이처럼 자유로운 구석이 있었다. 입술은 아버지를 닮았지만, 아버지의 입술이 나에게 혐오감을 불러일으키는 반면에 소년의 입술은 멋이 있고 매력적이었다. 방금 길고 격정적인 입맞춤을 하다가 멈춘 것처럼 입술이 반쯤 벌어져 있었다. 나는 그 반쯤 벌린 입술에, 아내의 입술과 너무도 똑같은 입술에 입을 맞추었다. 아이의 입술에서 오이 꼭지 같은 쓴맛이 났다. 분명 그 매음녀의 입술에서도 똑같은 맛이 날 것이라는 생각이 들었다.

그 순간 그의 아버지가 시야에 들어왔다. 목에 목도리를 감은 구부정한 노인이 문에서 나왔다. 그는 내 쪽을 쳐다보지도 않고 지나갔다. 그는 발작적으로 웃음을 터뜨렸다. 온몸의 털을 곤두서게 만드는 소름끼치는 웃음이었다. 너무 크게 웃어 그의 어깨가 흔들렸다. 나는 수치심에 땅속으로 가라앉을 수도 있었다. 해가 지기 직전이었다. 나는 자리에서 일어났다. 어떻게든 나 자신으로부터 도망치고 싶었다. 나는 무의식적으로 내 집 쪽으로 방향을 잡았다. 거리에는 아무것도, 아무 사람도 보이지 않았다. 기이한 낯선 도시를 걸어가는 것 같았다. 주변에는 기하학적 도형 모양의 기괴한 외딴 집들이 있었다. 집집마다 황량한 검은 창이 나 있었다. 숨 쉬는 생명체라면 그런 집에서는 살 수 없을 것 같았다. 집들의 흰 벽들이 창백한 빛을 던졌다. 기이하고 믿을 수 없는 것은 바로 이것이었다. 내가 걸음을 멈출 때마다, 달빛 아래 내 그림자가 벽에 길고 검은 그림자를 드리웠다. 그런데 그 그림자에 머리가 없었다. 벽에 머리 없는 그림자를 드리우는 사람은 그 해가 가기 전에 죽는다는 말을 들은 적이 있었다.

두려움에 사로잡혀 나는 집으로 뛰어가서 내 방 안에 자신을 가두었다. 그것과 동시에 코에서 피가 흐르기 시작했다. 매우 많은 양의 피를 흘린 후, 나는 침대에 털썩 쓰러졌다. 유모가 나를 보러 들어왔다.

잠들기 전에 나는 거울을 들여다보았다. 피폐하고, 생기 없고, 희미한 얼굴이 그곳에 있었다. 어찌나 희미한지 나 자신도 내 얼굴을 알아보기 어려울 정도였다. 나는 침대에 들어가서 이불을 머리까지 뒤집어쓰고, 몸을 잔뜩 웅크렸다. 그리고 눈을 감고 다시금 종잡을 수 없는 생각에 잠겼다. 어둡고, 슬프고, 두려우면서도 환희에 찬 나의 삶을 짜 놓은 실들이 보였다. 나는 삶과 죽음이 한데 뒤섞이고 비뚤어진 이미지들이 나타나는 영역으로 들어섰다. 오래된, 사라졌던 욕망들, 희미하고 억눌러져 있던 욕망들이 다시 날아서 복수를 외치는 곳으로. 그때 나는 자연계와 현상 세계와 단절되어, 영원한 흐름 속에 나 자신을 말소시키고 소멸시킬 준비를 했다. 몇 번이나 나는 혼잣말을 중얼거렸다.

"죽음, 죽음……. 죽음이여, 너는 어디 있는가?"

죽음에 대한 생각이 내 마음을 위로해 주었고, 나는 잠에 빠져 들었다.

잠 속에서 하나의 꿈을 보았다. 나는 모함마디예 광장에 있었다. 높은 교수대가 그곳에 있었다. 내가 창문으로 보던 잡동사니 파는 노인이 거기에 매달려 있었다. 교수대 밑에서는 만취한 경찰관 몇 명이 술을 마시고 있었다. 몹시 흥분한 상태의 나의 장모가 내 팔을 잡아끌었다. 장모는 내 아내가 몹시 화났을 때의 얼굴과 같은 표정, 즉 핏기 없는 입술과 사납게 노려보는 눈을 하고서 나를 질질 끌고 군중 속을 지나가 붉은색 옷을 입은 사형집행인에게 외쳤다.

"이 자도 목을 매달아요!"

나는 공포에 질려 잠을 깼다. 몸이 용광로처럼 달아올라 온몸에 줄줄 땀이 흐르고 뺨이 불타올랐다. 마음에서 악몽을 떨치기 위해 일어나 물을 마시고 머리와 얼굴에도 물을 묻혀 두드렸다. 다시 침대로 갔지만 잠을 이룰 수가 없었다.

그렇게 투명한 어둠 속에 누워서 나는 선반 꼭대기에 놓인 화병을 꼼짝 않고 응시했다. 화병이 아래로 떨어질지도 모른다는 말도 안 되는 두려움에 사로잡혔다. 화병이 그곳에 있는 한 잠을 잘 수 없을 것이라는 결론에 도달했다. 나는 자리에서 일어나 화병을 안전한 곳으로 옮기려고 했다. 그러나 내 의지와는 아무 상관

없는 묘한 충동이 일어 내 손이 일부러 화병을 툭 건드렸다. 화병은 바닥에 떨어져 산산조각 났다. 마침내 눈을 감을 수 있었지만 유모가 방으로 들어와 나를 쳐다보고 있다는 느낌이 들었다. 나는 이불 속에서 주먹을 불끈 쥐었다. 그러나 실제로 이상한 일은 일어나지 않았다. 비몽사몽하는 상태에서 현관문 열리는 소리가 들렸다. 유모의 발소리라는 것을 알 수 있었다. 그녀는 슬리퍼를 바닥에 끌고 있었다. 아침에 먹을 빵과 치즈를 사러 나가는 길이었다. 멀리서 노점상이 외치는 소리가 들렸다.

"울화증에 좋은 오디 사세요!"

그렇게, 언제나처럼 지루한 일상이 다시 시작되었다. 빛이 점점 밝아지고 있었다. 눈을 뜨니 창 바깥의 물탱크 표면에서 반사된 햇빛이 천장에 번쩍였다.

지난밤의 꿈이 마치 수년 전 어린 시절에 꾼 꿈처럼 점점 멀어지고 흐려졌다. 유모가 내 아침 식사를 가져왔다. 그녀의 얼굴은 왜곡된 거울에 비친 상 같았다. 몹시 수척하고 핼쑥해서 얼굴이 부자연스럽고 우스꽝스럽게 변해 있었다. 누가 보면 턱에 무거운 추를 달아 잡아당겼다고 생각할 것 같았다.

유모는 물담배 연기가 내 몸에 나쁜 줄 알면서도 수연통(연기가 물을 통하게 된 담뱃대)을 들고 방에 들어왔다. 사실 그녀는 담배를 피워야만 정신을 차렸다. 유모는 자질구레한 집안일에 대해, 자신의 아들과 며느리에 대해 수다를 떨어 나를 그녀의 사적인 삶 속으로 끌어들였다. 어리석은 일이지만, 나는 이따금 하릴없이 유모의 식구들의 일을 곰곰이 생각하곤 했다. 무슨 까닭인지 모르지만, 타인들의 모든 행위, 모든 행복이 나에게 구토를 일으켰다. 나자신의 삶이 끝나간다는 것을, 천천히 고통스럽게 꺼져 간다는 것을 나는 자각했다. 도대체 무슨 이유로 내가 그 멍청이들, 그 속물들의 삶에 관심을 갖는단 말인가? 그들은 원기왕성하고, 잘 먹고, 잘 자고, 잘 성교하는데. 나의 고통을 눈곱만큼도 겪지 않은 자들인데. 시시각각 죽음의 날개가 얼굴을 건드리는 느낌을 맛본 적도 없는 자들인데.

유모는 나를 아이처럼 대했다. 그녀는 내 마음을 속속들이 캐려고 애썼다. 나는 여전히 내 아내에게 부끄럼을 탔다. 그녀가 방에 들어올 때마다 나는 타구에 뱉은 가래침을 덮곤 했다. 머리와 수염을 빗질하고, 잘 때 쓰는 모자를 바로잡았다. 하지만 유모에게는 조금도 부끄러움을 타지 않았다. 어떻게 나와 그토록 다른 여자가 내 삶에 그토록 크게 자리잡을 수 있었을까? 겨울이면 바로 이 방에 코르시(밑에는 작은 화로를 집어넣고 위에는 긴 담요를 씌운 앉은뱅이 탁자)가 설치되었던 것을 기억한다. 유모와 나와 그 매음녀는 코르시 둘레에 모여 자곤 했었다. 투명한 어둠 속에서 눈을 뜨면 맞은편 문에 드리워진 수놓인 커튼의 문양이 살아나곤 했다. 얼마나 기이하고 공포스러운 커튼이었던가! 커튼에는 머리에 터번을 두른 인도 탁발승 같은 구부정한 노인이 수놓아져 있었다. 그는 시타르 비슷한 악기를 들고 사이프러스 나무 아래 앉아 있었다. 노인 앞에는 아름다운 처녀가 서 있었다. 인도 사원의 무희인 부감 다시가 그런 모습일 것이라고 나는 상상했다. 그녀는 손이 묶여 있고, 노인 앞에서 실제로 춤을 추는 것 같았다. 어쩌면 그 노인은 코브라를 푼 지하 감옥에 갇힌 적이 있고, 그 경험 때문에 허리가 굽고 머리와 수염이 하얗게 셌을지도 모른다고 나는 상상하곤 했다. 금실로 수놓인 그 커튼은 나의 아버지가―혹은 나의 숙부가―외국에서 보낸 것일 것이다. 오랫동안 커튼의 문양을 응시하다가 나는 두려움에 사로잡히곤 했으며, 반쯤 잠든 상태에서 유모를 깨우곤 했다. 유모는 입 냄새를 풍기며 거친 머리카락으로 내 얼굴을 문지르면서 나를 꼭 안아 주었다.

그날 아침 잠에서 깨었을 때, 유모가 그 시절의 모습과 똑같아 보였다. 다만 얼굴의 주름만 더 깊고 진해졌을 뿐이었다. 나는 현재를 잊기 위해, 나 자신으로부터 달아나기 위해 어린 시절을 자주 회상하곤 했다. 병들기 전의 그날들처럼 느껴 보려고 애를 썼다. 그러면 내가 아직 아이이고, 내 안에 또 다른 자아가 있다는 느낌이 들곤 했다. 그 다른 자아는 이제 곧 죽을 이 아이를 안쓰러워했다. 두려움이 밀려오는 순간에, 유모의 차분하고 파리한 얼굴을 한번 바라보는 것만으로도 내 안에 유년기의 감정들이 되살아났다. 움푹하고 침침하고 흔들림 없는 눈, 작은 콧구멍, 넓고 앙상한 이마. 그녀가 내 안에 마음의 평화를 가져오는 어떤 신비로운 광채를 내뿜는 것 같았다.

그녀의 이마에는 도톰한 반점이 있고 거기에 털이 몇 가닥 나 있었다. 나는 전에는 그 점이 있는 줄 몰랐었다. 전에는 유모의 얼굴을 쳐다봐도 자세히 뜯어보지 않았었다.

유모의 겉모습은 변했지만 생각은 언제나 같았다. 한 가지 다른 점은 생에 대한 집착이 더 강해지고 죽음을 두려워한다는 것이었다. 그런 유모를 보면 초가을에 피난처를 찾아 집 안으로 모이는 파리들이 떠올랐다. 한편 나는 날마다, 매 순간마다 변했다. 내 경우에는 시간의 흐름이 다른 사람들보다 수천 배는 빠른 것 같았다. 그리고 내 안에서 매일 지켜보는 변화들은 정상적이라면 몇 년에 걸친 변화에 해당했다. 반면에 내가 삶에서 얻었어야 할 만족감은 그것과는 반대로 제로에 가까웠다. 아니, 제로에도 훨씬 못 미칠 정도였다. 스무 살에 죽음의 고통이 시작되는 사람이 있는가 하면, 다른 사람들은 마지막에 고요하고 평화롭게 죽는다. 기름이 다 닳은 등잔처럼 그렇게.

정오에 유모가 식사를 가지고 들어왔을 때, 나는 갑자기 수프 그릇을 엎으며 큰 소리로 울부짖었다. 집 안에 있던 사람들이 모두 달려와 문간에 모여 섰다. 그 매음녀도 사람들과 함께 왔지만 곧 다시 가 버렸다. 나는 그녀의 배를 보았다. 배가 크게 불러 있었다. 그렇다, 그녀는 아직 출산 전이었다. 누군가 의사를 부르러 갔다. 어쨌거나 멍청이들을 성가시게 했다는 사실이 나로서는 기분 좋은 일이었다.

수염이 세 뼘이나 긴 그 의사가 와서 아편을 처방했다. 내 존재의 고통을 치유할 얼마나 경탄할 약인가! 아편을 피울 때마다 나의 생각은 더 장엄해지고 예민해졌으며, 더 마술적이 되고 더 숭고해졌다. 그리하여 나는 평범한 세계의 경계선 너머 다른 영역으로 들어갔다. 내 생각들은 물리적 현실의 무게에서 벗어나 평온하고 고요한 천상을 향해 날아올랐다. 마치 내가 황금색 박쥐의 날개 위에서 태어난 것처럼 느껴졌다. 빛으로 가득한 텅 빈 세계 속을 헤맬 때 어떤 장애물도 내 앞길을 가로막지 않았다. 얼마나 심오하고 기분 좋은 감각을 경험했던지, 그것이 주는 환희가 죽음 자체보다 더 강렬했다.

나는 화로 앞에서 일어나 안뜰과 마주 난 창문으로 다가갔다. 유모가 햇볕 아래 앉아서 채소를 다듬고 있었다. 그녀가 며느리에게 말하는 소리가 들렸다.

"안 됐기도 하지. 신께서 그 애의 고통을 끝내게 해 달라고 기도하는 수밖에."

의사는 내가 회복하지 못할 것이라고 말한 것이 분명했다.

나로서는 전혀 놀랍지 않은 일이었다. 얼마나 어리석은 인간들인가! 한 시간 후 유모가 내 약을 가지고 들어왔을 때 보니, 울어서 그녀의 눈이 빨갛게 충혈되어 있었다. 유모는 나를 보면서 억지웃음을 지었다. 사람들은 내 앞에서 연기를 하곤 했다. 모두가 그런 식으로 내 앞에서 연기를 했지만, 어쩜 그렇게 실력이 없던지! 그리고도 내가 모를 것이라고 생각했을까? 그런데 그 많은 사람 중 하필 이 여인이 나에게 애정을 느꼈을까? 왜 그녀는 내 고통에 자기가 상관이 있다고 느꼈을까? 어느 날 누군가 그녀에게 와서 돈을 주었고, 그녀는 작은 가죽주머니처럼 생긴 자신의 쭈글쭈글한 검은 젖꼭지를 내 입술 사이에 넣어 준 것이 전부인데. 내 입안의 궤양이 그 젖꼭지를 다 파먹어 버렸으면 좋았을 텐데! 지금 유모의 젖꼭지를 볼 때마다 예전에 내가 그것을 입에 넣고 생명의 즙을 탐욕스럽게 빨아먹던 생각이 나서 토하고 싶어졌다. 그때 우리의 체온이 섞여서 하나가 되었었다. 내가 어렸을 때 그녀는 나의 모든 일을 보살펴 주었으며, 그런 이유로 아직도 그녀는 과부 특유의 유난히 거리낄 것 없는 태도로 나를 대했다. 한때 나를 안아서 용변을 보게 했다는 이유만으로 그녀는 여전히 나를 아이 취급했다. 누가 아는가? 동성애 상대로 선택한 여자를 만지는 것 같은 일을 그녀가 나에게 한 것인지도.

지금도 유모는 내가 혼자서 할 수 없는 일들을 거들 때마다 호기심에 찬 눈으로 내 몸을 주시했다. 만일 아내가 나에게 조금이라도 관심을 보였다면 나는 유모가 내 근처에 얼씬도 못하게 했을 것이다. 유모보다는 아내가 더 폭넓은 사고방식과 예민한 미적 감각을 가진 것 같았으니까. 혹은 어쩌면 내가 아내 앞에서 부끄러움을 타는 것은 단지 집착이 낳은 결과였는지도 모른다.

어쨌든 나는 유모 앞에서는 부끄러움을 타지 않았다. 나를 보살펴 주는 사람은 그녀밖에 없었다. 유모는 모든 문제를 운명으로 여겼으며, 자기가 이런 책임을 떠맡게 된 것도 자신의 운수소관이라고 믿었다. 아무튼 그녀가 내 병 수발을 도맡았다. 그녀는 자기 집안의 모든 고민과 기쁨들을 내게 털어놓았다. 최근에 일어난 말다툼과 거짓 행각들을 계속해서 나에게 전했고, 그럼으로써 결국 그녀의 단순하고 교활하고 탐욕스러운 기질이 그대로 드러났다. 그녀는 자신의 며느리가 큰 골칫거리라고 불평했다. 마치 며느리가 아들의 사랑을 훔친 첩이라도 되는 것처럼 들렸다. 그녀의 며느리는 매우 예쁜 여자임에 틀림없었다. 창문으로 안뜰에 있는 그녀를 한 번 본 적이 있었다. 회색 눈에 머릿결이 곱고, 콧날이 반듯한 여자였다.

이따금 유모는 예언자들이 행한 기적들에 대해 말하곤 했다. 나를 즐겁게 하려고 그런 이야기를 한 것이지만, 나는 그녀의 편협하고 어리석은 생각에 한숨이 나올 뿐이었다. 가끔 그녀는 이런저런 수다를 떨었다. 예를 들면 며칠 전에 자신의 딸이 아기 옷을 한 벌 지었다고 했다. 그녀의 딸이란 그 매음녀를 지칭하는 말이었다. 유모는 그 얘기를 하더니 진실을 안다는 내색을 비치며 나를 위로하기 시작했다. 때로 그녀는 이웃에게 얻어들은 민간요법으로 만든 약을 내게 갖다 주거나, 마술사와 점쟁이들을 찾아가 내 병에 대해 의논을 했다. 그 해의 마지막 수요일, 유모는 어느 점쟁이를 찾아가서 양파와 쌀과 산화된 기름이 든 그릇을 들고 돌아왔다. 그녀는 내가 회복되는 데 도움이 되리라는 희망에서 점쟁이에게 이 쓰레기 같은 음식을 구걸해서 얻어 왔다고 말했다(노루즈가 끝나기 전 마지막 수요일에 사람들은 변장을 하고 구걸하러 가는 관습이 있음. 이때 구걸한 것이 행운을 가져다준다고 믿음). 그 후 며칠간 유모는 그 얻어 온 음식을 나 모르게 내 음식에 조금씩 섞어서 주었다. 또 그녀는 의사가 처방해 준 온갖 약재의 혼합물을 규칙적으로 마시게 했다. 박하 풀, 감초 우린 물, 장뇌, 공작고사리, 캐모마일 기름, 월계수 기름, 아마유, 전나무 열매, 그리고 그밖에도 정체를 알 수 없는 훨씬 더 많은 허접 쓰레기 같은 것들이었다.

며칠 전 그녀는 먼지가 켜켜이 쌓인 기도서 한 권을 내게 가져다주었다. 나는 기도서 따위는 필요 없었다. 기도서뿐 아니라 속물들의 사상을 표현한 어떤 종류의 문학작품도 필요하지 않았다. 그들의 헛소리와 거짓말이 내게 무슨 소용이 있겠는가? 내게 자신들의 경험을 물려준 오랜 과거 세대들이 빚은 결과물이 바로 나 자신 아닌가? 내 안에 과거가 존재하지 않는가? 모스크(회교 사원)들, 기도 시간을 알리는 무에진(하루에 5번 회교 사원에서 큰 소리로 예배 시간을 알리는 사람)들, 몸을 씻고 입을 헹구는 의식 따위에 나는 완전히 냉담했다. 아랍어 말고는 말을 거는 것도 불가능한 전지전능한 신, 저 높고 강한 존재를 숭배하며 일어났다 엎드렸다 절하는 것은 말할 것도 없고.

병들기 전에 나는 여러 번 사원에 갔었다. 언제나 마지못해서였지만. 나는 그곳에 모인 사람들과 동일한 감정을 가지려고 노력했다. 그러나 벽에 붙은 반짝이는 타일 문양에 눈이 향했고, 나른한 꿈의 세계로 빠져들곤 했다. 그렇게 함으로써 나는 무의식적으로 탈출구를 찾았다. 기도하는 동안 눈을 감고 손으로 얼굴을 가려 나 자신의 인위적인 밤을 만들었다. 그 상태에서 꿈을 꾸는 사람의 무의미한 중얼거림처럼 기도문을 암송했다. 기도의 말들이 가슴에서 나오지 않았다. 신에게 말하는 것보다, 높고 전능한 그분에게 말하는 것보다, 친구나 아는 사람과의 대화가 더 즐겁다는 것을 나는 알았다. 나에게 신은 지나치게 중요한 존재였다.

따뜻하고 축축한 침대에 누워 있을 때면 이런 것들은 나에게 전혀 중요한 문제가 아니었다. 이 무렵의 나는 신이 정말로 존재하는지, 아니면 세상의 지배자들이 신성한 지위를 획득하고 자신들의 피지배자들을 더 쉽게 착취하기 위해 만들어 낸 단순한 환영에 불과한 것인지, 지상의 방식을 하늘에 투영한 것인지는 별로 알고 싶지 않았다. 그저 내가 아침까지 살아 있을 것인지 아닌지 알고 싶을 따름이었다. 죽음의 면전에서 종교, 신앙, 믿음은 아무 힘도 없고 유치한 것임을 통감했다. 아무리 좋게 봐도 그것들은 건강하고 성공한 자들에게 오락거리를 제공해 주는 것이라고밖에 말할 수 없었다. 죽음과 나 자신의 절박한 상황이라는 두려운 현실 앞에서, 심판의 날과 내세의 상벌에 대해 주입받은 개념들은 모두 재미없는 사기 같았다. 그리고 내가 배운 기도문들도 죽음의 공포 앞에서는 완전히 무용지물이었다.

그렇게 죽음의 공포가 나의 목덜미를 잡고 놓아주려 하지 않았다. 나와 같은 고통을 겪어 보지 못한 이들은 내가 말하는 것을 이해하지 못할 것이다. 삶에 대한 애착이 너무도 강해진 나머지 찰나의 기쁨을 느끼면 그것만으로도 긴 시간의 불안과 괴로움을 보상해 주었다.

나는 고통과 질병이 존재하는 것을 알았다. 그리고 동시에 그것들이 무의미하다는 것을 알았다. 속물들 속에서 나는 한 사람의 이방인, 알 수 없는 부류가 되었다. 그 정도가 심해서 그들은 내가 한때는 그들의 세계에 속했었다는 사실마저 잊어버렸다. 나는 나 자신이 실제로 살아 있지 않으며 완전히 죽은 것이라는 섬뜩한 기분을 느꼈다. 산 자들의 세계와 무관한, 그러면서도 동시에 죽음의 망각과 평화를 빼앗긴 살아 있는 시체가 바로 나였다.

아편 화로 옆에서 깨어나니 밤이었다. 창밖을 내다보았다. 덧문을 닫은 푸줏간 옆에 검은 나무 한 그루가 보였다. 그림자들이 모여 하나의 검은 덩어리가 되어 있었다. 세상의 모든 것이 공허하고 덧없이 느껴졌다. 칠흑 같은 밤하늘은, 수많은 반짝이는 별들이 구멍으로 보이는 낡은 검은색 장막을 연상시켰다. 바깥을 바라보고 있는데, 기도 시간을 알릴 때가 아닌데도 어디선가 무에진의 음성이 들렸다. 마치 산통을 겪는 여인의 울부짖음 같았다. 그 매음녀일 수도 있었다. 비명소리와 함께 개가 울부짖는 소리가 들렸다. 나는 나 자신에게 말했다. '만약 모든 인간이 자신의 별을 가지고 있다면, 나의 별은 어둡고 멀리 떨어져 있음이 분명하다. 어쩌면 나는 처음부터 별을 가지고 있지 않았을지도 모른다.'

바로 그때 거리에서 한 무리의 술 취한 경찰관들 목소리가 크게 들렸다. 그들은 지나가면서 외설스러운 농담을 주고받았다. 그러다가 노래를 합창하기 시작했다.

자, 술 마시러 가세

레이 왕국의 술을 마시러

지금 마시지 않으면 언제 마시리

나는 겁에 질려 얼른 창문에서 물러났다. 경찰관들의 목소리가 밤공기를 뚫고 이상하게 울리다가 점점 희미해졌다. 그렇다, 그들은 나를 잡으러 온 게 아니었다, 그들은 아무것도 모르고 있었다……. 다시 세상에 침묵과 어둠이 내려앉았다. 나는 등잔을 켜지 않았다. 어둠 속에, 모든 사물과 모든 장소에 스며든 짙은 습기 속에 앉아 있는 것이 더 쾌적했다. 나는 어둠에 익숙해져 있었다. 나의 잃었던 생각들, 잊었던 두려움들, 머릿속 미지의 구석에 감추어져 있던 무섭고 믿기 힘든 상념들이 다시 소생해 움직이기 시작하고 나를 향해 얼굴을 찌푸리는 것은 바로 어둠 속에서였다. 내 방의 구석들에, 커튼들 뒤에, 문 옆에 사람을 위협하는 형상 없는 형체들이 있었다.

저곳에, 커튼 뒤에 한 사람의 무시무시한 형체가 앉아 있었다. 그것은 몸을 움직이지도 않았다. 그것은 우울해하지도 즐거워하지도 않았다. 내가 방으로 돌아갈 때마다 그것은 내 눈을 빤히 응시했다. 그것의 얼굴이 내게는 낯이 익었다. 어린 시절 언젠가 본 얼굴 같았다. 그렇다, 그날은 노루즈의 13일째 되는 날이었다. 나는 수란 강변에서 다른 아이들과 숨바꼭질을 하고 있었다. 그때 평범한 얼굴들 사이에서 그 얼굴이 보였다. 키가 작은 우스운 모습을 하고 있었다. 사람에게 위협을 가할 염려는 없었다. 나에게는 그 모습이 보였다. 내 방 창문 맞은편에 있는 푸줏간이 생각났다. 그 형체가 내 삶 속에 자리를 차지하고 있으며, 전에 자주 본 적이 있다는 느낌이 들었다. 어쩌면 이 그림자는 나와 함께 태어나, 내 존재의 제한된 반경 안에서 움직여 온 것 같았다…….

내가 등잔을 켜려고 일어나자마자 그 형체는 흐려지다가 사라졌다. 나는 거울 앞에 서서 자신의 얼굴을 가만히 응시했다. 거울에 비친 모습이 낯설었다. 기이하고 무서운 상이었다. 거울에 비친 상이 실제의 내 모습보다 강해져 있었다. 나는 거울에 비친 상처럼 되었다. 내 상과 단둘이 한 방에 남아 있을 수가 없을 것만 같았다. 내가 도망치려 하면 그 상이 쫓아올까 봐 두려웠다. 우리는 싸울 준비를 하고 마주선 두 마리의 고양이 같았다. 그러나 나는 손바닥의 움푹 들어간 곳으로 나 자신의 완벽한 어둠을 만드는 법을 알았고, 그래서 손을 들어 눈을 가렸다. 여느 때처럼 공포감이 내 안에 중독성 있는 강렬한 쾌감을 불러일으켰다. 그것 때문에 머리가 어지럽고 다리가 후들거리면서 구토증이 밀려왔다. 문득 내가 아직도 서 있다는 것을 깨달았다. 상황이 이상하게, 심지어 납득이 되지 않는다고 느껴졌다. 어떻게 내 발로 서 있을 수 있지? 한 발만 움직여도 균형을 잃을 것 같았다. 현기증이 나를 사로잡았다. 땅과 그 위에 있는 모든 것이 나로부터 무한히 멀리 물러났다. 지진이 나거나 하늘에서 벼락이 치기를 나는 희미한 의식으로 원했다. 그러면 내가 빛과 평화의 세계에서 다시 태어날 수 있으리라는 생각이 들었다.

마침내 다시 침대로 돌아가면서 나는 혼잣말로 중얼거렸다.

"죽음…… 죽음……."

입술은 닫혀 있었다. 하지만 내 목소리가 무서웠다. 나는 이전의 대담함을 완전히 상실했다. 초가을에 집 안으로 모여드는 파리 떼처럼 되어 버렸다. 반쯤 죽은 야윈 파리들은 처음에는 자신의 날개가 윙윙거리는 것이 무서워서 벽의 한 지점에 달라붙어 있다가, 자기가 살아 있는 줄 알면 무모하게 문과 벽에 몸을 내던져 결국 죽어서 바닥에 떨어진다.

눈을 감자 어렴풋한 세계가 내 눈앞에 떠올라 왔다. 전부 나 자신이 창조한 세계, 내가 보는 현실과 완벽한 조화를 이루는 세계였다. 어쨌든 나에게 있어서 그 세계는 내가 깨어 있을 때의 세계보다 훨씬 실재적이고 자연스러운 세계였다. 내 상념의 비상을 가로막는 어떤 장애물도, 어떤 방해물도 끼어들지 않았다. 그 세계에서는 시간과 공간은 타당성을 잃었다. 이것은 나의 억압된 욕망이 변해서 꿈속에 묘사된 세계, 억눌러진 욕구가 잉태시킨 세계였다. 그리하여 믿어지지 않는, 그러나 나에게 있어서는 매우 자연스러운 형체와 일들이 눈앞에 일어났다. 정신을 차렸을 때도 잠시 동안은 시간이나 장소에 대한 감각이 없었다. 자신의 존재까지도 의심스러웠다. 아무래도 내가 본 꿈은 전부 나 스스로 창조해 낸 것으로, 그 정확한 해석을 나는 오래전부터 알고 있었던 것 같았다.

밤이 한참 깊어진 무렵에야 나는 잠이 들었다. 돌연 알 수 없는 마을 속에 있는 자신의 모습을 보았다. 거리를 따라 각기둥, 원추형, 정육면체 등 기하학적인 형태를 한 그로테스크한 집들이 줄지어 서 있었다. 집집마다 낮고 어두운 창문이 나 있었다. 나팔꽃 넝쿨이 집들의 문과 벽을 뒤덮고 있었다. 나는 마을 속을 자유롭게 걸어 다니면서 구속받지 않고 대기를 호흡했다. 그런데 이 마을의 주민들은 모두 죽은 사람들뿐으로, 기이한 죽음을 맞이해 있었다. 다들 입에서 흐른 피 두 방울이 웃옷에 말라붙은 채, 꼼짝 않고 서 있었다. 내가 한 사람을 건드리자, 그의 머리가 동체에서 떨어져 바닥으로 굴러떨어졌다.

나는 푸줏간 앞에 이르렀다. 그곳에서 나의 집 앞에 있는 잡동사니 물건 파는 노인과 비슷하게 생긴 한 남자를 보았다. 그는 목에 목도리를 두르고, 손에는 날이 긴 칼을 들고 있었다. 그는 눈꺼풀이 잘려나간 것 같은 붉은색 눈으로 나를 노려보았다. 나는 그의 손에서 칼을 빼앗으려고 했다. 그러자 그의 머리가 동체를 이

탈해 대굴대굴 바닥에 굴러떨어졌다. 나는 겁에 질려 달아났다. 거리를 달리면서 본 사람들은 전부 꼼짝하지 않고 서 있었다. 처 갓집에 도착하니 처남이, 그 매음녀의 어린 동생이 집 밖 돌 벤치 에 앉아 있었다. 나는 주머니에 손을 넣어 떡 두 덩이를 꺼내서 그의 손에 쥐어 주려고 했다. 그러나 내가 몸을 만진 순간, 처남 의 머리가 몸에서 떨어져 지면을 굴렀다. 나는 날카로운 비명을 질렀다. 그리고 눈을 떴다.

방은 아직도 반쯤 어두웠다. 심장이 격렬하게 뛰었다. 천장이 내 머리를 짓누르고 벽이 엄청나게 두꺼워져서 나를 짓뭉개려고 위협하는 것 같았다. 눈이 침침했다. 나는 겁에 질려 한동안 누워 서, 벽의 수직 기둥들을 세고 또 셌다. 눈을 감기가 힘들었다. 그 때 인기척이 들렸다. 유모가 방을 정돈하려고 들어와 있었다. 그 녀가 위층 방에 내 아침을 갖다 두었다. 나는 위층으로 올라가서 내리닫이 창문 옆에 앉았다. 그곳에서는 내 방 창 앞에 있는 잡동 사니 파는 노인이 보이지 않았다. 하지만 왼쪽으로 푸줏간 주인 은 볼 수 있었다. 내 방의 창에서 본 그의 몸동작은 무겁고 신중 하고 섬뜩했지만, 지금은 놀랄 정도로 무기력하고 우스꽝스러워 보이기까지 했다. 그 사람이 정말 푸줏간 주인으로서 장사를 하 는 게 아니라 단지 연기를 하는 것뿐이라는 생각이 들었다. 한 사 내가 깊고 공허한 기침을 토해 내는 수척한 검은 말 두 마리를 데리고 나타났다. 말의 등에는 도살된 양이 두 마리씩 실려 있었다. 푸줏간 주인은 기름기 묻은 손으로 콧수염을 쓰다듬으면서, 구매 자의 눈으로 죽은 고기를 평가했다. 그러더니 양 두 마리를 힘겹 게 옮겨서, 가게 입구의 갈고리에 매달았다. 나는 그가 양의 다리 를 두드리는 것을 보았다. 틀림없이 그는 밤에 그의 아내의 몸을 애무하면서 양을 떠올릴 것이다. 그리고 만일 그녀를 죽이면 얼마 나 벌게 될지 계산할 것이다.

내 방의 정리정돈이 끝났을 때 나는 내 방으로 돌아갔다. 그리 고 하나의 결심을, 무서운 결심을 했다. 나는 내 방에 붙은 곁방 으로 들어가 양철 상자에 보관하고 있던 뼈 손잡이가 달린 칼을 꺼냈다. 그리고 카프탄(터키와 아랍 국가 사람들이 입는 소매 긴 옷) 자 락으로 칼날을 닦았다. 그런 다음 베개 밑에 그것을 감추었다. 사 실은 오래전에 한 결심이었다. 그런데 푸줏간 주인이 양의 다리를 자르고 고기의 무게를 잰 다음 만족스러운 표정으로 주위를 둘 러보는 광경을 지켜보면서 그를 흉내 내고 싶은 마음이 일었다. 나도 반드시 그 쾌감을 경험해야만 했다. 내 방의 창으로 구름들 사이의 완벽하리 만치 푸른 하늘 한 조각이 보였다. 그 하늘에 닿기 위해 아주 긴 사다리를 올라가야만 할 것 같았다. 지평선에 드리워진 짙은 노란색 구름이 도시 전체를 무겁게 짓눌렀다.

무서움에 소름이 끼치는, 하지만 유쾌한 하늘의 모습이었다. 설명할 수 없는 이유로 나는 바닥에 웅크리고 앉았다. 이런 날씨가되면 늘 죽음에 대해 생각하는 습관이 있었다. 하지만 마음을 정한 것은 바로 지금이었다. 죽음이 피로 얼룩진 얼굴을 하고서 앙상한 손으로 내 목을 움켜쥔 지금. 나는 그 매음녀를 함께 데리고가기로 마음을 정했다. 그래야만 내가 떠난 후 그녀가 "신이 그에게 자비를 베푸셨지. 그의 고통이 끝났으니."라고 떠드는 것을 막을 수 있었다.

내 방 창문 앞을 장례 행렬이 지나갔다. 관에 검은 천이 드리워져 있고, 그 위에 촛불이 놓여 있었다. "라 일라하 일라 라하!"('알라 외에 다른 신은 없다'. 무슬림 신앙 고백의 일부)라는 외침이 귀에 들렸다. 모든 장사꾼과 통행인들이 하던 일을 멈추고 관을 따라 일곱 발자국을 걸었다. 푸줏간 주인까지도 나와서 관습에 따라 관을 따라 일곱 걸음을 걸은 후 가게로 돌아갔다. 하지만 잡동사니파는 노인은 펼쳐 놓은 물건들 옆 자기 자리에서 미동도 하지 않았다. 모두가 갑자기 얼마나 심각한 얼굴이 되었던가! 의심할 여지없이 그들의 생각은 죽음과 내세에 대한 주제로 향했을 것이다. 유모가 나에게 먹일 약을 가지고 들어왔다. 내가 보기에 그녀는생각에 잠긴 표정이었다. 그녀는 염주 알을 굴리면서 혼잣말처럼경전 구절을 중얼거렸다. 그러더니 내 방문 밖에 자리를 잡고 이번에는 가슴을 치면서 큰 소리로 기도문을 암송했다.

"오, 신이시여! 시이이인이이이시여!"

누가 보았다면 산 자들에 대해 관용을 베푸는 것이 내 일이라도 되는 줄 알았을 것이다. 이 모든 익살스러움이 나를 더없이 냉정하게 만들었다. 어쨌든 몇 초 동안이라도 속물들이 일시적이고 피상적으로나마 내가 겪는 고통을 경험한다고 생각하니 약간의 만족감이 밀려왔다. 바로 내 방이 관이 아니던가? 항상 펼쳐진 채로 잠을 권하는 이 이부자리는 무덤보다 차고 어둡지 않은가? 내가 관 속에 누워 있다는 생각이 몇 번이나 들었었다. 밤이 되면 방이 점점 작아져서 내 몸을 짓누르는 것 같았다. 사람들은 무덤 속에서 이것과 똑같은 감각을 경험하지 않을까? 사람이 사후에 경험하는 감각에 대해 확실하게 알려진 것이 있던가? 그렇다, 혈액이 순환을 멈추고 24시간이 경과하면 신체의 특정 부위들이 부패하기 시작한다. 그럼에도 머리카락과 손톱은 사후에도 한동안 계속해서 자란다. 심장이 박동을 멈추자마자 감각과 사고도 멈출까? 아니면 미세한 혈관들에 아직 남아 있는 혈액의 자양분을 받아서 흐릿하게 계속 존재할까? 죽는다는 사실이 그 자체로 두려운 일이지만, 죽은 자의 의식은 훨씬 끔찍할 것이다. 더 깊은 잠에 빠져드는 사람처럼, 혹은 꺼져 가는 등잔처럼 입가에 미소를 짓고 죽는 노인들도 있다. 갑자기 죽는 젊고 건강한 사람과, 존재의 온 힘을 짜내 더 오래 죽음에 저항하는 사람의 감각은 어떤 것일까?

　나는 내 육체의 죽음과 부패에 관해 여러 번 생각을 거듭했다. 그래서 이제는 죽음과 부패를 생각하는 일이 나를 위협하지는 않았다. 오히려 망각과 무의 상태로 들어가기를 나는 진정으로 바랐다. 두려운 것은 이것이었다. 내 몸을 이루고 있던 원소들이 나중에 속물들의 몸을 구성한다는 것. 이 생각을 견딜 수가 없었다. 죽은 다음에 길고 감각적인 손가락을 가진 커다란 손이 나에게 주어지기를 소망한 적도 있었다. 그러면 주의 깊게 내 육체의 원소들을 그러모아서 손에 꼭 쥐고 싶었다. 그것들이, 나의 것이었던 것들이 속물들의 육체 속으로 들어가는 것을 막기 위해.

　때때로 나는 상상했다. 내가 본 장면들은 죽음의 순간을 맞이한 사람 모두에게 나타나는 것이라고. 모든 불안, 경외심, 두려움, 그리고 살려는 의지까지도 내 안에서 차분히 가라앉았다. 어린 시절 주입받은 종교적 믿음들을 포기하자 불가사의한 내적 침잠이 생겨났다. 내게 위로가 된 것은 죽음 이후에는 무로 돌아간다는 기대와 희망이었다. 죽음 이후의 세계가 있다는 생각만으로도 무섭고 피곤했다. 나는 지금 살고 있는 세상에 적응한 적이 한 번도 없었다. 그런 판에 다른 세상이 무슨 소용이 있는가? 이 세상은 나에게 어울리지 않는다고 나는 느꼈다. 이 세상은 후안무치하고 탐욕스러운 족속, 허세 부리는 막돼먹은 인간들, 양심을 파는 자들, 눈과 심장이 굶주린 자들에게나 어울리는 세계이다. 사실 이 세상에 어울리도록 창조된 인간, 그리하여 내장 조각이나 얼을 욕심에 푸줏간 밖에서 꼬리를 흔드는 걸신들린 개처럼 지상과 천상의 권력자 앞에서 아양 떨고 굽실거리는 인간들에게나 필요한 세상이다. 죽음 이후의 세계에 대한 생각에 나는 무섭고 피곤했다. 아니다, 역겨운 얼굴들이 득실대는 이 모든 혐오스러운 세상들은 결코 보고 싶지 않았다. 신이 졸부와 비슷해서, 자신이 모은 세상들을 내가 꼭 봐야 한다고 우기려나? 나는 내가 생각한 대로 말해야만 한다. 어쩔 수 없이 또 다른 삶을 겪어야만 한다면, 내 정신과 감각이 매우 둔해지기를 나는 소망했다. 그러면 노력과 권태감 없이도 존재할 수 있을 것이다. 남근상을 숭배하는 사원의 기둥들이 드리운 그림자 속에서 삶을 영위하고 싶었다. 태양 광선이 결코 눈을 찌르지 않고, 사람들의 말소리와 삶의 소음이 결코 귀의 신경을 건드리지 않는 어느 구석으로 물러나 있고 싶었다.

겨울에 땅속 동굴 속에 몸을 숨기는 동물처럼, 나는 나 자신의 존재 속으로 가능한 깊숙이 침잠했다. 다른 사람들의 목소리가 귀에 들렸다. 그리고 나 자신의 목소리는 내 목구멍에서 들렸다. 나를 에워싸고 있는 고독은 태초의 아홉 겹 혼돈 속 어둠과도 같았다. 사방으로 넓게 퍼져 가는 짙은 어둠은 욕망과 증오의 꿈으로 가득한 인적 없는 도시들 위로 내려올 순간을 기다린다. 그렇긴 하지만 내가 나 자신임을 확인해 주는 이 목구멍의 입장에서 보면 나는 광적이고 추상적인 존재증명 이상의 아무것도 아니었다. 교접할 때 고독으로부터 달아나기 위해 몸부림치는 두 사람을 결합시켜 주는 압박감은 이 광적인 상태의 결과이다. 그러한 광기를 누구나 자신 속에서 느끼고 있다. 결국 이렇게 해서 죽음의 심연을 향해 한 걸음 한 걸음 미끄러지듯 걸어가고 있다는 생각에 지나간 생을 후회하면서…….

오직 죽음만이 거짓말을 하지 않는다.

죽음이 존재한다는 사실 하나가 모든 헛된 상상들을 물리친다. 우리는 죽음의 자식들이며, 우리를 삶의 속임수에서 구원하는 것도 죽음이다. 생의 한가운데에서 죽음은 우리를 초대하고 자기에게 오라고 부른다. 아직 인간의 언어를 배우지 않은 나이에, 가끔 놀이를 멈추면 우리는 죽음의 목소리를 듣는다……. 생을 살아가는 동안 내내 죽음은 우리에게 손짓한다. 누구나 갑자기 아무 이유 없이 생각에 빠져들고, 그 속에 깊이 잠겨서 시간과 공간의 관념을 상실하고, 자신이 무엇을 생각하고 있는지조차 의식하지 못하는 일이 일어난다. 그렇지 않은가? 그리고 정신이 돌아온 후에도 자기가 속해 있는 외부 세계를 다시 자각하고 인식하기 위해서는 상당한 시간과 노력이 필요하다. 죽음의 목소리를 듣고 있던 것이다.

이 축축하고 땀내 나는 침대에 누워, 눈꺼풀이 점점 무거워져 가는 나 자신을 무와 영원한 밤에 맡기기를 나는 갈망했다. 그렇게 생각하고 있을 때, 잃어버렸던 기억들과 잊었던 공포가 되살아났다. 베개에 든 깃털들이 단검의 날들로 변하거나 옷에 달린 단추들이 맷돌처럼 커질까 봐 두려웠다. 바닥에 떨어진 빵부스러기가 유리 파편들처럼 산산조각 날까 봐 두려웠다. 내가 잠든 사이 등잔에 든 기름이 넘쳐서 온 도시에 불이 날까 봐 불안했다. 푸줏간 밖에 있는 개의 앞발이 말발굽이 바닥을 치는 것과 같은 소리를 낼까 봐 초조했다. 잡동사니를 펼쳐놓고 앉은 늙은 남자가 갑자기 웃음을 터뜨리고 멈추지 못할까 봐 무서웠다. 안뜰의 물통 옆에 놓인 발 씻는 대야에 든 벌레들이 인도의 뱀들로 변할까 봐 겁이 났다. 이불이 내 몸 위에서 돌쩌귀 달린 비석으로 변하고, 대리석 이빨이 나를 꽉 물어서 도망치지 못하게 할까 봐 무서웠다. 내가 갑자기 말하는 능력을 잃어서 아무리 소리치려고 버둥대도 아무도 도와주러 달려오지 않을까 봐 공포에 질렸다…….

나는 내 유년기의 날들을 회상하려고 해 보았다. 하지만 이따금 기억이 나서 그 시절을 다시 경험해도 현재와 똑같이 우울하고 고통스러웠다.

다른 것들 중에 기침도 불안과 두려움을 불러오는 요소였다. 내 기침은 푸줏간 앞에 있는 수척한 검은 말들의 기침 소리와 비슷했다. 침을 뱉으면 가래에 피가 비치는 날이 올까 봐 두려웠다. 내 몸 깊은 곳에서 올라오는 미지근하고 찝찔한 액체. 우리가 마지막에 토해 내야만 하는 생명의 즙. 그리고 끊임없이 마음의 결을 찢어서 던져 버리는 지속적인 죽음의 위협.

삶은 지속되는 과정에서, 인간 각자가 쓰고 있는 가면 뒤에 있는 것을 냉정하고 공정하게 드러낸다. 누구나 몇 개의 얼굴을 가지고 있다. 어떤 사람들은 계속해서 하나의 얼굴만 쓰고, 그러면 자연히 더러워지고 주름이 생긴다. 이런 이들은 절약하는 부류이다. 다른 사람들은 자손들에게 물려주려는 소망에서 자신의 가면들을 보살핀다. 또 어떤 이들은 끊임없이 얼굴을 바꾼다. 하지만 그들 모두 늙음에 이르면, 어느 날인가 자신이 쓰고 있는 가면이 마지막 가면이라는 사실을 깨닫는다. 곧 그것이 너덜너덜해지고, 그러면 그 마지막 가면 뒤에서 진짜 얼굴이 나온다는 사실을 깨닫게 된다.

내 방의 벽들에 병균 같은 것들이 있는 게 틀림없었다. 그것들이 내 모든 생각을 중독시켰다. 나 이전에 어떤 살인자, 어떤 병든 미치광이가 그 방에 살았던 것이 분명하다고 나는 확신했다. 방의 사방 벽뿐 아니라 창밖의 풍경, 푸줏간 주인, 잡동사니 파는 노인, 유모, 그 매음녀와 내가 보는 모든 사람들, 심지어 내가 먹는 보리죽 그릇, 내가 입는 옷가지까지, 이 모든 것들이 공모해서 내 머릿속에 그런 생각들을 심은 것이다.

　며칠 전 밤의 일이었다. 나는 목욕탕에서 옷을 벗다가 새로운 방향으로 생각하게 되었다. 목욕탕의 때밀이가 머리에 물을 부어 줄 때, 나의 검은 생각들이 일제히 씻겨 나가는 느낌이 들었다. 나는 목욕탕의 김 서린 벽에 드리워진 내 그림자를 관찰했다. 10년 전 어렸을 때처럼 내 자신이 약하고 마른 것을 알았다. 그 시절 목욕탕의 젖은 벽에 내 그림자가 똑같이 드리워졌던 것이 뚜렷이 기억났다. 내 몸뚱이를 내려다보았다. 허벅지, 종아리, 사타구니의 모습에는 음탕하지만 가망 없는 무엇인가가 있었다. 그 부위의 그림자 역시, 내가 아직 아이였던 10년 전과 변한 것이 없었다. 내 전 생애가 목욕탕 벽에 어른거리는 그림자처럼 목적도 의미도 없이 흘러갔다는 느낌이 밀려왔다. 다른 사람들은 모두 크고 단단하고 실한 체격을 지니고 있었다. 당연히 목욕탕의 김 서린 벽에 드리워진 그들의 그림자도 더 크고 진했다. 그리고 그들이 떠난 후에도 그곳에 한동안 흔적이 남아 있었다. 반면에 내 그림자는 즉시 사라졌다. 목욕을 마치고 옷을 다시 입었을 때, 내 태도와 생각은 또다시 변했다. 마치 내가 다른 세계에 들어갔었던 것 같았다. 마치 내가 싫어하는 예전 세상에서 다시 태어났었던 것 같았다. 아무튼 내가 다시 생을 얻었다고 나는 말할 수 있었다. 왜냐하면 내가 욕조에서 소금덩어리처럼 녹아 버리지 않은 것이 내게는 기적으로 여겨졌기 때문이다.

나에게는 나의 삶이 이상한 것, 부자연스러운 것, 설명할 수 없는 것으로 보였다. 지금 글을 쓰는 이 순간에 사용하는 필통에 그려진 그림과도 비슷했다. 이 필통 뚜껑에 그림을 그린 사람은 분명히 광적인 강박감에 사로잡힌 화가였을 것이다. 종종 이 그림에 눈길이 머물 때면, 이상하게도 익숙한 기분이 든다. 어쩌면 이 그림이 이유가 되었는지도 모른다……. 어쩌면 나로 하여금 이 글을 쓰도록 압박하는 것이 이 그림인지도 모른다. 그림 속에는 사이프러스 나무가 한 그루 있고, 그 아래에 인도 탁발승 같은 구부정한 노인이 웅크리고 앉아 있다. 그는 긴 외투를 걸치고 머리에는 터번을 둘렀다. 그는 놀란 몸짓으로 왼손 검지로 자신의 입술을 누르고 있다. 노인 앞에서는 기다란 검은 옷을 입은 처녀가 춤을 추고 있다. 그녀의 몸동작은 보통 사람의 몸동작이 아니다. 그녀가 부감 다시일 수도 있다. 그녀는 손에 한 송이의 나팔꽃을 들고 있다. 두 사람 사이에 작은 실개천이 흐른다.

나는 아편 화로 옆에 웅크리고 앉아 있었다. 나의 모든 어두운 생각들이 미묘한 천상의 연기 속으로 흩어져 사라졌다. 내 몸은 명상 중이었다. 내 몸은 꿈을 꾸고 있고 공간을 미끄러지듯 지나갔다. 낮은 쪽 공기의 무거움과 오염으로부터 해방되어,

전에는 본 적이 없는 낯선 색과 모양으로 가득한 미지의 세계로 날아올랐다. 아편은 식물의 영혼, 게으른 식물의 영혼을 내 육체 속에 불어넣었고, 나는 식물계를 여행하고 있었다. 그러나 그렇게 화로와 가죽 깔개 앞에서 외투를 어깨에 두르고 졸고 있을 때, 무슨 까닭인지 그 잡동사니 파는 노인이 생각났다. 그는 나와 똑같은 자세로 물건들 앞에 웅크리고 앉아 있곤 했었다. 그 생각이 나를 공포에 사로잡히게 만들었다. 나는 일어나서 외투를 벗어던지고 거울 앞에 섰다. 뺨이 불타고 있었다. 푸줏간 앞에 걸린 고기 같은 색을 하고 있었다. 수염이 부스스했다. 그러나 거울에 비친 얼굴에는 비현실적인 무엇인가가, 환상과도 같은 무엇인가가 있었다. 눈동자에는 병든 아이의 눈처럼, 권태와 고통이 얼룩진 표정이 담겨 있었다. 마치 내 안에 깃들었던 무겁고, 세속적이고, 인간적인 모든 것이 녹아 버린 듯했다. 나는 내 얼굴이 마음에 들었다. 일종의 관능적인 만족감이 몸에 밀려왔다. 거울을 들여다보면서 나는 나 자신에게 말했다.

"너의 고통이 너무 깊어 너의 눈 깊은 곳에 자리를 잡았구나……. 네가 울면 너의 눈 그 깊은 곳에서 눈물이 나오겠지. 아

니면 전혀 나오지 않거나."

그런 다음 나는 덧붙였다.

"너는 바보이다. 왜 지금 여기서 스스로 끝내지 않는가? 너는 무엇을 기다리고 있는가? 이제 와서 무슨 희망이 있는가? 작은 방에 있는 포도주 병을 잊어버린 것인가? 한 모금 마시면 모든 것이 끝날 텐데…… 이런 바보! 너는 바보야! 나는 허공을 향해 말하고 있구나!"

여러 생각들이 마음속에 떠올라 왔지만, 그것들은 서로 아무 관련이 없는 생각들이었다. 목구멍 속에서 내 목소리를 들을 수 있었지만, 말의 의미는 이해되지 않았다. 그 소리가 머릿속에서 다른 소리들과 뒤섞였다. 열이 날 때면 언제나 그렇듯이 손가락이 보통 때보다 커 보였다. 눈꺼풀은 무겁고 입술은 부풀어 올랐다. 고개를 돌리니, 유모가 문간에 서 있었다. 나는 갑자기 웃음을 터뜨렸다. 유모의 얼굴은 눈썹 하나 움직이지 않았다. 그녀는 흐리멍덩한 눈으로 날 응시했지만, 놀람이나 짜증이나 슬픔이 담겨 있지 않은 눈빛이었다. 사람은 보통 우스꽝스러운 일을 보면 웃는다. 그러나 나의 웃음은 더 깊은 의미를 담고 있었다. 그리고 지금 짙은 어둠 속에서 그녀를 휘감고 있는 것은 죽음 그 자체의 몸짓이었다.

유모는 화로를 챙겨 신중한 걸음걸이로 방에서 나갔다. 나는 이

마에 맺힌 땀을 훔쳤다. 손바닥이 땀으로 흠뻑 젖었다. 벽에 몸을 기대고, 창문 사이의 벽에 머리를 갖다 대었다. 그러자 기분이 나아지기 시작했다. 잠시 후 나는 어디선가 들었던 적이 있는 노래를 중얼거렸다.

자, 술 마시러 가세
레이 왕국의 술을 마시러
지금 마시지 않으면 언제 마시리

위기가 닥쳐올 때면, 나는 언제나 미리 그것의 접근을 느낄 수 있었다. 그럴 때면 심장이 줄로 단단히 묶인 것처럼 몹시 불안하고 우울했다. 내 기분은 폭풍우가 시작되기 전의 날씨 같았다. 그럴 때면 나는 현실 세계로부터 멀어져서 빛나는 세계에 몸을 맡겼다. 그것은 지상의 세계로부터 헤아릴 수 없이 멀리 떨어진 무한지대에 있었다.

그리고 그럴 때면 나는 나 자신이 두려웠다. 모든 사람이 두려웠다. 이런 상태는 아마도 병 때문이었을 것이다. 병이 내 정신력을 무너뜨렸다. 창을 통해 잡동사니 파는 노인과 푸줏간 주인을 보고 있으면 마음에 두려움이 차올랐다. 그들의 몸짓과 얼굴에는 무서움을 주는 무엇인가가 있었다. 유모가 나에게 무시무시한 일을 말해 주었다. 그녀는 모든 예언자들을 걸고 맹세하건대, 그 잡동사니 파는 노인이 밤에 내 아내의 방에 온 것을 보았다고 말했다. 그리고 문 뒤에 숨어서, 그 매음녀가 그에게 "목도리를 벗어요." 하고 말하는 것을 엿들었다고 했다. 전혀 생각할 수조차 없는 일이다. 이삼일 전 내가 절규하는 소리를 지르자 아내가 와서 문간에 서 있었다. 그때 나는 보았다. 내 눈으로 직접 보았다. 그녀의 입술에 그 늙은이의 누런 썩은 이빨 자국이 나 있는 것을. 그 사이로 아랍어 코란 구절을 낭송하곤 하던 그 이빨 자국이. 그리고 이제 생각해 보니, 그 남자는 왜 내가 결혼한 이후부터 우리 집 앞에 모습을 나타냈을까? 그가 그 매음녀의 연인들 중 한 명일까? 그날의 일을 나는 기억하고 있다. 나는 팔 물건을 늘어놓고 앉아 있는 노인 앞으로 가서, 그 화병이 얼마냐고 물었었다. 그는 목도리를 겹겹이 둘러 얼굴을 가린 채 나를 쳐다보았다. 그러고는 언청이인 입술 사이로 썩은 이빨 두 개를 드러내면서 웃음을 터뜨렸다. 귀에 거슬리는 공허한 웃음, 온몸의 털이 곤두서게 만드는 웃음이었다. 그가 말했다.

"그런 식으로 제대로 보지도 않고 물건을 사시나? 이 화병은 아무 가치가 없는 물건이오. 그냥 가져가시오, 젊은이. 이것이 그대에게 행운을 가져다주기를 바라오."

나는 주머니에 손을 넣어서 디르헴 은화 두 개와 페쉬즈 동전

네 개(중세의 동전. 각각 현대의 크란과 압바시 동전에 해당함)를 꺼내어 광목천 귀퉁이에 놓았다. 노인은 다시 웃음을 터뜨렸다. 귀에 거슬리는 웃음, 온몸에 털이 곤두서게 하는 웃음이었다. 나는 수치심에 땅속으로 가라앉을 수도 있었다. 나는 양손으로 얼굴을 가리고 집으로 돌아갔다.

노인이 펼쳐 놓은 물건들 모두 녹슨 냄새가 났다. 삶이 거부한 너절한 물건들에서 나는 냄새와 똑같았다. 어쩌면 인생의 버려진 물건들을 사람들에게 보여 주어 관심을 끌려는 것이 그의 속셈인지도 모를 일이었다. 결국 그 자신이 늙고 버려지지 않았던가? 그의 수집품 속에 있는 모든 물건이 죽은 것들, 더럽고 쓸모없는 것들이었다. 그러나 그것들 속에는 얼마나 질긴 삶이 있으며, 그것들의 형태 속에는 얼마나 깊은 의미가 담겨 있는가! 이 죽은 물건들이 살아 있는 사람들보다도 훨씬 깊은 인상을 내 안에 남겼다.

유모는 나에게 그에 대한 이야기를 해 준 뒤 모든 사람에게 떠들고 다녔다……. 불결한 거지 같으니라고! 유모의 말에 따르면, 내 아내의 이부자리에 이가 생겼으며 아내는 목욕탕에 가지 않으면 안 되었다고 했다. 목욕탕의 김 오르는 벽에 드리워진 그녀의 그림자는 어떤 모양이었을까? 궁금하다. 틀림없이 자신감 넘치는 관능적인 그림자였겠지. 모든 상황을 고려할 때, 이번에는 아내의 남자 취향에 나는 불쾌감을 느끼지 않았다. 그 잡동사니 파는 노인은 음탕하고 어리석은 여자들이 흔히 반하는 숫말들처럼 범속하고 단순하고 멋대가리 없는 위인이 아니었다. 노인의 얼굴에는 고뇌의 흔적이 뚜렷이 새겨져 있었다. 그에게 닥친 불행은 굳은살처럼 단단해서 그의 겉껍질에 고뇌의 색깔을 침투시켜 놓았다. 그 자신은 모르겠지만, 그는 인류를 교화하기 위해 신이 빚은 소품 같은 인물이었다. 초라한 수집품들을 땅바닥에 펼쳐놓고 앉아 있을 때, 그는 모든 피조물들의 전형이자 화신과도 같았다.

그렇다, 아내의 얼굴에서 나는 보았다. 두 개의 더러운 썩은 이빨의 흔적을. 그 사이로 아랍어 코란 구절을 암송하던 이빨 자국을 보았다. 이 여자가 바로 내가 가까이 다가가는 것을 허락하지 않는, 나를 경멸하는 그 아내였다. 그 모든 상황에도 불구하고, 한 번도 입맞춤을 허락하지 않았음에도 불구하고, 내가 사랑한 그 여자였다.

해가 지고 있었다. 하늘이 붉게 물들고 있었다. 어딘가에서 높고 단순한 나카라(아랍 지방의 반원형 타악기. 옛날부터 이란에서는 일몰을 알리기 위해 마을의 북을 치는 관습이 있었음) 북소리가 울렸다. 조상 때부터 전해져 온 미신과 어둠의 두려움을 환기시키는 애원의 소리가. 내가 그 접근을 미리 예감했던 위기가, 이제나저제나 기다리고 있던 그 사태가 들이닥쳤다. 내 온몸이 타는 열기로 채워졌다. 나는 숨이 막힐 것 같았다. 나는 침대에 무너져서 눈을 감았다. 고열 때문에 모든 것이 팽창되어 뚜렷한 윤곽선들이 사라진 것 같았다. 천장은 주저앉는 대신에 위로 솟아올라 있었다. 옷의 무게가 나를 짓눌렀다. 나는 아무 이유 없이 일어났다가 다시 침대에 주저앉아 중얼거렸다.

"상황이 한계에 달했어……. 참을 수 있는 한계를 넘었어……."

갑자기 나는 말을 멈추었다. 그리고 잠시 후 다시 느릿느릿, 하지만 똑똑히 들리도록 자조 섞인 목소리로 말했다.

"상황이 한계에……."

말을 멈추었다가 다시 이었다.

"너는 바보야!"

자신이 중얼거리는 말의 의미에는 신경 쓰지 않았다. 그저 허공에 퍼지는 내 목소리의 떨림이 재미있을 뿐이었다. 아마도 외로움을 밀어내려고 내 그림자에게 말을 걸고 있었는지도 모른다.

바로 그때 내 눈을 의심할 만한 일이 일어났다. 문이 열리더니 그 매음녀가 방으로 들어왔다. 그러니까 그녀도 간혹 내 생각을 한 것이었다. 모든 상황에도 불구하고, 아직 그녀에게 고마워해야 할 여지는 남아 있었다. 그녀는 알고 있었다. 내가 여전히 살아 있다는 것을. 고통으로 괴로워하고 있다는 것을. 그리고 내가 서서히 죽어 가고 있다는 것을. 모든 상황에도 불구하고, 그녀에게 고마워해야 할 여지는 아직 남아 있었다. 다만 내가 알고 싶은 것

은, 내가 죽어 가고 있는 것은 자기 때문이라는 것을 그녀가 아는
가 하는 것이었다. 내가 더할 나위 없이 행복하게 죽으리라는 것
을 그녀는 알고 있을까? 그 순간 나는 지상에서 가장 행복한 남
자였다. 그 매음녀가 방에 들어온 것만으로도 나의 모든 사악한
생각들이 떠나갔다. 그녀의 몸에서, 그녀의 동작 하나하나에서 광
채가 흘러나와 내 마음을 진정시켰다. 이번에 보니 그녀는 지난번
봤을 때보다 더 건강했다. 풍만하고 편안한 느낌을 주었다. 그녀
는 투스(이란 북서쪽의 고대 도시) 산 직물로 짠 외투를 걸치고 있었
다. 눈썹은 가장자리의 털을 뽑아 쪽빛으로 물들였으며, 애교점을
찍고, 입술연지와 분을 바르고, 검은 가루로 눈가에 그늘까지 만
들었다. 한마디로 그녀는 완벽하게 변해 있었다. 삶이 무척 만족
스러운 모습이었다. 그녀는 무의식적으로 왼손 검지손가락을 입
술에 대고 있었다. 이 여자가 예전의 그 우아한 사람일까? 이 여
자가 주름 잡힌 검은 옷을 입고 수란 강둑에서 나와 숨바꼭질하
던 가녀린 소녀일까? 천진난만하고 연약한 소녀, 치마 밑으로 드
러난 발목이 나를 그토록 흥분시켰던 그 소녀일까? 그 순간까지
나는 그녀를 볼 때 그녀의 진짜 모습을 보지 못했었다. 이제 내
눈에서 베일이 벗겨지기라도 한 것 같았다. 무슨 이유에선지 푸
줏간 문간에 걸린 양이 머릿속에 떠올랐다. 이제 그녀는 나에게
푸줏간의 고기 덩어리와 다름없어졌다. 그녀의 예전의 매력은 사

라지고 없었다. 그녀는 편안하고 튼튼한 여자가 되었다. 머릿속이 평범하고 현실적인 생각들로 가득한 진짜 여자가. 나는 아이로 남아 있는 반면 아내는 어른이 되었다는 것을 깨닫고 나는 무척 놀랐다. 사실 그녀 앞에서, 그녀의 눈길을 받으면서 나는 부끄러웠다. 이 여자는 나를 제외한 모든 사람에게 몸을 주었다. 반면에 나는 단순하고 순진하고 꿈꾸는 듯한 얼굴로 야릇한 표정을 짓던 그녀의 어린 시절에 대한 환상 어린 추억들로 위안을 삼았었다. 얼굴에 광장의 잡동사니 파는 노인의 이빨 자국이 아직도 새겨져 있는 이 여자는……. 아니다, 그녀는 내가 알던 그 소녀가 아니었다.

그녀는 비아냥대는 말투로 내게 물었다.

"몸은 어때?"

나는 대답했다.

"당신은 바랄 데 없이 자유롭지 않아? 하고 싶은 일은 다 하잖아? 내 건강이 당신에게 왜 중요하지?"

그녀는 문을 쾅 닫고 방에서 나갔다. 그녀는 나를 뒤돌아보지도 않았다. 나는 이 세상 사람들과, 산 자들과 대화하는 법을 잊어버린 것 같았다. 그녀가, 감정이라고는 전혀 없는 사람이라고 생각했던 그녀가 내 행동에 화를 냈다! 자리에서 일어나 그녀를 쫓아갈까 몇 번이나 생각했다. 그녀의 발아래 쓰러져 울면서 용서를 빌고 싶었다. 그렇다, 울면서. 울 수만 있다면 기분이 좋아질 것 같았다. 얼마동안 시간이 흘렀다. 몇 분이었는지, 몇 시간이었는지, 몇 세기가 흘렀는지는 모른다. 나는 광인처럼 변해서, 자신의 고통 속에서 묘한 희열을 얻었다. 그것은 초인간적인 희열, 오직 나만이 느낄 수 있는 희열이었다. 신들이 존재한다 해도 그 정도의 희열은 경험하지 못했을 것이다. 바로 그 순간 나는 우월감을 느꼈다. 속물들보다, 자연보다, 신들보다, 인간의 욕망의 산물인 신들보다 나 자신이 더 우월하다고 느꼈다. 나는 신이 되었다. 나는 신보다 위대했고, 내 안에서 영원히 계속되는 끝없는 흐름을 느꼈다.

그녀가 돌아왔다. 그러고 보니 그녀는 내가 생각한 것만큼 잔인한 여자는 아니었다. 나는 일어나서 그녀의 옷자락에 입을 맞추고, 그녀의 발아래 쓰러져 울면서 기침을 해댔다. 그녀의 다리에 얼굴을 부비고, 몇 번이나 그녀의 본래 이름을 불렀다. 그녀의 본래 이름에는 독특한 울림이 있었다. 동시에 내 마음속에서는, 내 마음 밑바닥에서는 '매춘부, 매춘부!'라고 외치고 있었다. 나는 그녀의 다리에 입을 맞추었다. 살에서 오이 꼭지의 맛이, 약간 쓰고 쌉쌀한 맛이 났다. 나는 흐느끼고 또 흐느꼈다. 시간이 얼마나 흘렀는지는 모른다. 정신을 차려 보니 그녀는 가고 없었다. 내가 인간의 본능이 허용하는 모든 쾌감과 애무와 아픔을 경험한 시간은 한순간에 불과했을지도 모른다. 나는 혼자였다. 아편 파이프를 들고 화로 옆에 앉아 있을 때와 똑같은 자세로 그을음 나는 기름등잔 옆에 웅크리고 앉아 있었다. 잡동사니 물건을 펼쳐 놓은 노인과 똑같은 자세로. 나는 그 자리에 꼼짝하지 않고 앉아서, 등잔의 그을음을 지켜보았다. 불꽃의 그을음이 검은 눈송이처럼 내 손과 얼굴에 내려앉았다. 그때 유모가 보리죽 그릇과 닭고기를 넣은 필라프(쌀에 고기와 양념을 섞어 만든 아랍식 요리)를 들고 들어왔다. 그녀는 겁에 질려 비명을 지르며 쟁반을 떨어뜨리고는 방에서 뛰쳐나갔다. 어쨌거나 내가 그녀를 겁먹게 할 수 있다는 생각을 하니 기분이 좋았다. 나는 일어나서 등잔의 심지를 자르고 거울 앞에 섰다. 그리고 검댕 조각들을 얼굴에 문질렀다. 거울에 비친 얼굴이 얼마나 무서웠던가! 나는 아래쪽 눈꺼풀을 당겼다가 놓고, 입가를 잡아당기고 볼에 바람을 넣었다. 수염 끝을 위로 올려서 옆으로 꼬기도 하고, 나를 보며 잔뜩 얼굴을 찌푸리기도 했다. 내 얼굴은 우스꽝스럽고 무서운 표정을 짓는 천부적인 재능을 가지고 있었다. 그 표정들 덕분에 나 자신의 눈으로 온갖 이상한 모양, 마음 밑바닥에 숨어 있는 온갖 우습고 무섭고 믿지 못할 이미지들을 볼 수 있는 듯했다. 그 표정들 모두 나에게 익숙했다. 나는 그것들이 내 안에 있다고 느꼈다. 그러면서도 동시에 우스꽝스러웠다. 이 찡그린 얼굴들 모두 내 안에 존재하고 있으며, 나의

147

일부였다. 손끝을 한번 움직이는 것만으로도 무서운 표정을 한 가면, 범죄자의 가면, 익살맞은 표정의 가면들로 바뀌었다. 그 늙은 코란 낭독자, 푸줏간 주인, 내 아내, 이들 모두를 나는 내 안에서 보았다. 그들이 거울에 비추듯 내 안에서 투영되었다. 그들 모두의 얼굴이 내 안에 존재했지만, 그들 중 누구도 내게 속하지는 않았다. 내 얼굴의 본질과 표정들은 영혼의 세계로부터 보내져 온 자극, 대대로 이어져 온 환상과 욕망과 절망의 영향 아래 형성된 것은 아닐까? 또 그 유산을 물려받은 나는, 우스꽝스럽고 광적인 감정을 통해 좋든 싫든 이런 얼굴 표정들을 간직하는 것을 자신의 의무로 여기지 않았을까? 어쩌면 내 얼굴은 죽는 순간에만 이 의무감에서 해방되어 본래의 자연스러운 표정을 짓게 될지도 모른다……. 하지만 그 순간까지도 냉소적인 결심에 의해 얼굴에 계속 새겨져 있던 표정이 너무 깊이 각인되어 지워지지 않을지도 모른다. 어쨌거나 이제 나는 내 안에 어떤 가능성들이 존재하는지 알았고, 나 자신의 능력을 자각했다.

갑자기 나는 웃음을 터뜨렸다. 거칠고 귀에 거슬리는 오싹한 웃음이었다. 내 온몸의 털이 곤두섰다. 나 자신의 웃음소리를 알아듣지 못했기 때문이었다. 나 아닌 다른 사람의 웃음소리 같았다. 그 소리가 자주 내 목구멍 깊은 곳에서 울려 퍼졌고, 귓속 깊은 곳에서 그 소리를 들었다. 동시에 기침이 터져 나왔다. 피가 섞인 가래, 내 육체의 파편이 거울에 떨어졌다. 손가락 끝으로 거울에 묻은 침을 닦았다. 몸을 돌리니 유모가 나를 바라보고 있었다. 그녀는 겁에 질려 있었다. 유모는 이제 내가 음식을 먹을 수 있다고 짐작하고 나한테 먹이려고 보리죽 그릇을 들고 있었다. 나는 두 손으로 얼굴을 가리고, 작은 방 입구에 쳐진 커튼 뒤로 달려갔다.

나중에 잠 속으로 빠져들면서, 머리를 불타는 고리로 조이는 듯한 느낌이 들었다. 등잔에 채워진 백단유의 자극적인 향이 콧구멍 속으로 스며들었다. 그 향에는 내 아내의 다리 체취가 담겨 있었다. 입 안에서 옅은 오이 꼭지의 쓴맛이 났다. 나는 내 몸을 손으로 쓰다듬으면서 머릿속으로는 아내의 몸과 비교했다. 허벅지, 종아리, 팔과 나머지 부분들. 다시 한 번 그녀의 허벅지와 엉덩이 선이 떠올랐고, 그녀의 체온을 느낄 수 있었다. 그 환영은 단순한 머릿속 그림보다 한층 강렬했다. 육체적인 욕망의 힘이 그 안에 배어 있었다. 그녀의 육체를 내 몸 가까이 느끼고 싶었다. 그 육체의 욕망을 물리치는 데는 그저 한 번의 움직임, 한 번의 결심만으로도 충분했다. 그런데 그 불타는 고리가 점점 더 강하게 내 머리 둘레를 조이면서 점점 더 격렬하게 타올랐다. 나는 무서운 형체들이 넘실대는 혼돈의 바다로 깊이 침잠해 들어갔다.

술 취한 경찰관들의 소리에 정신을 차려 보니 아직도 어두웠다.

그들은 외설스러운 농담을 주고받으면서 거리를 지나갔다. 그러다가 그들은 함께 노래하기 시작했다.

자, 술 마시러 가세
레이 왕국의 술을 마시러
지금 마시지 않으면 언제 마시리

  기억이 났다. 아니, 갑자기 영감이 떠올랐다. 작은 방에 포도주가, 코브라 뱀의 독이 담긴 술병이 있었다. 그 포도주 한 모금만 마시면, 내 삶의 모든 악몽이 아예 없었던 것처럼 사라질 것이다……. 한데 그 매음녀는 어쩌지? 그 단어를 입에 올리는 것만으로도 그녀를 향한 갈망이 강해져서, 그녀의 모습이 매우 생생하게 눈앞에 떠올랐다. 그녀에게 포도주를 한 잔 주고 나도 한 잔 마시는 것이다. 이보다 좋은 방법은 생각나지 않았다. 그러면 우리는 한 번의 경련 속에서 함께 죽을 것이다. 사랑이란 무엇인가? 속물들에게 그것은 외설스러운 것, 육체적인 것, 덧없는 것이다. 속물들은 취했든 멀쩡하든 음탕한 노래를 되풀이하며, 욕설과 지저분한 말로 사랑을 표현해야 된다고 느낀다. 그들은 '나귀의 발굽을 진흙에 박는다'라든가 '절구질을 한다'는 따위의 말을 한다. 그러나 나에게는 그녀에 대한 사랑은 그런 것들과는 달랐다. 사실 나는 그녀를 오랜 세월 동안 알았다. 그녀의 위로 치켜 올라간 불가해한 눈, 반쯤 벌어진 작은 입, 나직한 쉰 목소리. 이 모든 것들에는 먼 아픈 기억들이 깃들어 있었다. 그리고 그 모든 것들 속에서 나는 내가 박탈당한 어떤 것을 찾고자 했다. 내 존재와 밀접한 관련이 있고, 내가 빼앗긴 그것을.

앞으로 올 시간 속에서도 나는 이것을 빼앗긴 상태일까? 또다시 그럴지도 모른다는 두려움이 내 안에 한층 더 암울한 감정을 불러일으켰다. 나의 가망 없는 사랑을 채워 줄 쾌감을 찾는 것이 일종의 강박이 되어 버렸다. 무슨 이유에선지 내 방 창문 맞은편에 있는 푸줏간 주인의 모습이 떠올랐다. 그가 소매를 걷어붙이고 '비스밀라'('신의 이름으로'라는 뜻으로, 회교도들이 중요한 임무를 시작할 때 외우는 기도문)를 중얼거리며 고기를 자르는 장면이 생각났다. 그의 표정과 태도가 늘 내 머릿속에 맴돌았다. 그리고 마침내 나 역시 결심을 했다. 하나의 무서운 결심을. 나는 침대에서 나와 소매를 둘둘 걷어 올리고, 베개 밑에 숨겨둔 뼈 손잡이 달린 칼을 꺼냈다. 그리고 허리를 구부정하게 하고서 어깨에 누런 외투를 걸친 뒤, 목에 목도리를 둘러 얼굴을 가렸다. 그렇게 하니 푸줏간 주인과 잡동사니 파는 노인 두 사람을 합친 인물이 된 것 같은 기분이 들었다.

그런 다음 나는 발끝으로 걸어 아내의 방으로 향했다. 도착해 보니 그녀의 방은 칠흑같이 어두웠다. 나는 가만히 문을 열었다. 그녀는 꿈을 꾸고 있는 중인 듯했다. 그녀가 큰소리로 분명하게 말했다.

"목도리를 벗어요."

나는 침대 옆으로 다가가 몸을 굽혔다. 그녀의 따뜻하고 고른 숨결이 내 얼굴에 닿았다. 얼마나 기분 좋은 온기와 생명력이 깃든 숨결인가! 잠시만 이 온기를 호흡할 수만 있다면 나는 다시 소생할 수 있을 것 같았다. 나는 오래전부터 다른 사람들의 숨결도 내 숨결처럼 뜨겁게 타오를 것이라고 생각했었다. 그녀의 방에 다른 사람은 없는지, 즉 그녀의 애인이 있지나 않은지 경계하며 나는 주의 깊게 주위를 둘러보았다. 그녀 혼자였다. 사람들이 그녀에 대해 떠드는 모든 말들이 중상모략에 불과하다는 것을 나는 깨달았다. 그녀가 아직 처녀가 아니라고 내가 어떻게 확신할 수 있는가? 내가 품었던 불공정한 의심들이 부끄러웠다.

그러나 그런 감정은 채 일 분도 가지 않았다. 갑자기 문밖에서 재채기 소리가 났다. 그리고 억누르는 듯한 조롱조의 웃음소리가 들렸다. 온몸의 털을 곤두서게 만드는 웃음이었다. 그 소리에 내 몸의 온 신경이 위축되었다. 내가 그 재채기와 웃음소리를 듣지 않았더라면, 그가 누구인지 몰라도 나를 멈추게 하지 않았더라면 (아랍에는 같이 있는 사람이 재채기를 하면 하려던 행동을 미루어야 한다는 미신이 있음) 나는 결심을 행동에 옮겨 그녀의 육체를 토막 냈을 것이다. 그 살점을 집 맞은편 푸줏간에 가져가서 손님들에게 팔라고 했을 것이다. 그런 다음 한 가지 특별한 결심을 이행하기 위해 그녀의 허벅지 살을 그 늙은 코란 낭독자에게 주었을 것이다. 그리고 다음날 그에게로 가서 "어젯밤 당신이 먹은 고기가 어디서 나왔는지 아시오?"라고 물었을 것이다. 그자가 웃지만 않았다면 그렇게 했을 것이다. 어둠 속에서 그 일을 해야만 했을 것이다. 그래야만 그 매음녀와 눈이 마주치지 않았을 테니까. 그녀의 비난조의 표정이 나로서는 감당할 수 없었을 것이다. 결국 나는 발에 걸린, 그녀의 침대에 걸쳐져 있던 옷을 낚아채어, 서둘러 방을 빠져나왔다. 그리고 칼을 지붕에 던졌다. 살해하려는 마음을 심어 준 것이 그 칼이었기 때문이다. 나는 칼을 없애 버렸다. 푸줏간 주인이 들고 있던 칼과 똑같은 칼이었다.

내 방으로 돌아가 등잔 불빛 아래서 보니, 내가 들고 온 것은 그녀의 잠옷이었다. 그녀의 살이 닿았던 후줄근한 잠옷, 부드러운 인도산 실크 잠옷이었다. 그녀의 체취와 후박나무 향이 났다. 여전히 그녀 몸의 온기가, 그녀의 무엇인가가 옷에 남아 있었다. 나는 그 잠옷을 얼굴에 대고 깊은 숨을 들이마셨다. 그런 다음 누워서, 다리 사이에 잠옷을 끼고 잠이 들었다. 그날 밤처럼 곤히 잔 적이 없었다. 이른 새벽, 아내가 시끄럽게 떠들어대는 소리에 잠이 깨었다. 그녀는 잠옷이 없어졌다고 소란을 피우면서 "새로 산 잠옷인데!" 하고 몇 번이나 목청을 높였다. 소매에 찢어진 자국이 있는데도 새 옷이라니. 나는 죽어도 그 잠옷을 돌려주지 않을 것이다. 나에게는 아내의 낡은 잠옷 한 벌쯤 가질 자격이 분명히 있었다.

유모가 우유, 꿀, 빵이 담긴 쟁반을 들고 왔을 때, 식사 옆에 놓인 뼈 손잡이 달린 칼이 눈에 들어왔다. 유모는 잡동사니 파는 노인의 물건들 틈에 이 칼이 있기에 그에게서 샀다고 말했다. 그런 다음 눈썹을 치켜뜨며 이렇게 덧붙였다.

"어느 날인가 이게 쓸모가 있을지 모르잖아."

나는 칼을 들고 찬찬히 살폈다. 바로 내 칼이었다. 그때 유모가 불만 섞인 화난 말투로 말했다.

"아 참. 오늘 아침 내 딸아이가—그 매음녀를 의미했다—내가 밤중에 자기 잠옷을 훔쳐갔다고 하지 뭐야. 난 너희 둘과 관계된 어떤 일에 대해서도 대답하고 싶지 않다. 아무튼 그 아이는 어제 출혈을 시작했어……. 아기 때문이란 걸 난 알았지……. 그 애 말로는 목욕탕에서 임신했다더구나(다른 시간대에 남자들도 사용하는 공중목욕탕에 갔다가 임신이 될 수도 있다는 믿음이 퍼져 있었음. 이 믿음은 설명 못할 임신에 대한 핑곗거리로 이용되기도 했음). 밤에 배를 문질러 주러 방에 들어갔다가, 그 애의 팔이 온통 시퍼렇게 멍든 것을 보았지. 그 애는 내게 팔을 보여 주면서 '하필 운 나쁜 시간에 지하실에 갔다가 요정들에게 한바탕 꼬집혔지 뭐예요.'라고 말하더구나."

그러더니 유모는 이렇게 덧붙였다.

"네 아내가 임신한 지 오래 됐다는 걸 알고 있었니?"

나는 웃으면서 대답했다.

"감히 말하는데 아이가 코란을 낭독하는 그 노인을 닮았겠군요. 그녀가 노인의 얼굴을 봤을 때 뱃속 아이가 처음으로 움직였을 테니까요(아이가 처음 태동을 할 때 산모가 보고 있는 사람을 닮는다는 속설이 있었음)."

유모는 화가 나서 나를 노려보다가 방에서 나갔다. 그런 대답이 내 입에서 나올 줄 예상하지 못했던 것이 분명했다. 나는 서둘러 일어나서, 떨리는 손으로 뼈 손잡이 달린 칼을 집어들었다. 그 칼을 작은 방에 있는 양철 상자에 넣고 뚜껑을 닫았다.

그렇다, 태아가 처음으로 움직였을 때 아내가 본 것이 내 얼굴일 리는 결코 없었다. 틀림없이 그 잠동사니 파는 노인의 얼굴이었을 것이다.

오후가 되었다. 내 방의 문이 열리더니 처남이, 즉 그 매음녀의 남동생이 손톱을 깨물면서 들어왔다. 누구라도 두 사람을 보면 남매인 줄 금방 알아차렸다. 둘은 유난히 닮았다. 처남은 도톰하고 촉촉하고 육감적인 입술, 나른하고 무거운 눈꺼풀, 위로 치켜 올라간 불가해한 눈, 튀어나온 광대뼈, 부스스한 밤색 머리, 잘 익은 밀 색깔의 얼굴빛을 하고 있었다. 하나에서 열까지 그 매음녀와 고스란히 닮았다. 또 그녀의 악마적인 성향까지도 나눠 갖고 있었다. 인생과 싸우는 데 적합하게 만들어진, 무표정하고 감정이라는 것을 전혀 내보이지 않는 투르크멘 족 같은 얼굴, 살아남기 위해서는 어떤 행동도 용납하는 종족에게 어울리는 얼굴이었다. 대자연은 여러 대에 걸쳐서 이 남매의 형상을 빚어냈다. 그들의 조상은 뜨거운 태양 아래서 비바람에 노출된 채 환경과 끝없이 싸우며 살아왔다. 조상들의 얼굴과 특성만 유전 과정에서 적당히 수정되어 대물림된 게 아니라 고집, 관능미, 탐욕, 식욕까지 물려졌다. 나는 처남의 입에서 오이 꼭지처럼 쓴 맛이 났던 것을 기억했다.

아이는 내 방에 들어와서, 불가해한 투르크멘 족의 눈으로 나를 빤히 쳐다보며 말했다.

"엄마가 그러는데, 의사가 매형이 죽을 거라고 했대. 그것이 우리 모두에게 홀가분한 일이 될 거래."

내가 말했다.

"나는 죽은 지 오래됐다고 누나한테 전해."

"엄마가 이렇게 말했어. '내가 유산만 하지 않았어도 온 집안이 우리 차지가 됐을 텐데.' 하고 말야."

　나도 모르게 웃음이 터져 나왔다. 귀에 거슬리는 공허한 웃음, 온몸의 털을 곤두서게 만드는 그런 웃음소리였다. 나는 나 자신의 웃음소리를 알아듣지 못했다. 아이는 겁에 질려 방에서 뛰쳐 나갔다.

　그제야 나는 깨달았다. 푸줏간 주인이 왜 뼈 손잡이 달린 칼을 양의 다리에 문질러 닦으면서 쾌감을 느끼는지를. 물통 밑바닥에 끈적끈적한 것이 말라붙듯, 죽은피가 엉긴 생살을 자르는 쾌감. 액체가 장기를 타고 땅바닥에 뚝뚝 흘러내린다. 그리고 누런 개가 푸줏간 밖에서 기다리고 있다. 잘린 소머리는 바닥에서 우울하게 쳐다보고 있다. 눈에 죽음의 먼지가 낀 양머리들 역시 이 광경을 보고 있다. 그들 역시 푸줏간 주인의 기분을 안다.

　이제 나는 내가 신의 축소판이 되었다는 것을 알았다. 나는 비루하고 하찮은 인간의 욕망을 뛰어넘었으며, 내 안에서 영원의 흐름을 느꼈다. 영원이란 무엇인가? 내게 영원은 수란 강둑에서 그녀와 숨바꼭질을 하던 것, 일순간 눈을 감고 그녀의 치맛자락에 얼굴을 묻은 것을 뜻했다.

　갑자기 나는 내가 혼잣말을 하고 있다는 것을, 그것도 이상하게 말한다는 것을 알아차렸다. 자신에게 말을 하려고 애썼지만, 입술이 무거워서 조금도 움직일 수가 없었다. 그러나 입술이 움직이지 않아 목소리를 들을 수는 없어도, 나는 나 자신에게 말을 하고 있었다.

점점 좁아지고 무덤처럼 어둠이 짙어져 가는 이 방에서, 밤이 섬뜩한 그림자로 나를 휘감았다. 그을음 나는 등잔 불빛 속에서 양가죽으로 된 윗도리와 외투, 목도리 차림의 내 그림자가 미동도 없이 벽에 드리워졌다. 벽에 드리워진 내 그림자는 실제의 내 몸보다 한결 짙고 뚜렷했다. 내 그림자는 나 자신보다 훨씬 더 실제적이었다. 잡동사니 파는 노인, 푸줏간 주인, 유모, 내 아내인 그 매음녀는 나의 그림자들이었다. 주위를 에워싸 나를 가두고 있는 그림자. 이때 나는 날카롭게 비명을 지르는 한 마리 올빼미가 되었지만, 비명이 목구멍에 걸렸다. 나는 핏덩이의 형태로 비명을 쏟아냈다. 어쩌면 올빼미들도 나처럼 이런저런 생각을 하는 병에 걸릴지도 모른다. 벽에 드리워진 내 그림자는 올빼미와 똑같아져서, 몸을 굽혀 내가 쓴 글을 하나하나 집중해서 읽었다. 올빼미가 내 글을 완벽하게 이해했다는 것은 의심의 여지가 없었다. 오직 올빼미만이 이해할 수 있었다. 나는 벽에 드리워진 내 그림자를 곁눈질하면서 두려움을 느꼈다.

어둡고 적막한 밤이었다. 내 모든 존재를 휘감은 밤, 무서운 형태들이 문과 벽과 커튼에서 나에게 얼굴을 찌푸리는 밤이었다. 때때로 방이 너무 좁아져서 관에 누워 있는 느낌이었다. 관자놀이가 불타올랐다. 팔다리를 전혀 움직일 수가 없었다. 말들이 등에 지고 푸줏간에 배달하는 죽은 양들처럼 무거운 덩어리가 내 가슴을 짓눌렀다.

죽음이 내 귀에 대고 노래를 중얼거리고 있었다. 가사를 모두 반복해야만 하는 사람처럼, 결국 노래의 끝에 이르면 새로 또다시 부르기 시작해야만 하는 사람처럼. 그 노래가 톱질 소리처럼 내 살을 파고들었다. 죽음은 소리를 높였다가 갑자기 고요해지곤 했다.

내 눈이 아직 감기지 않았을 때, 내 방 밖에서 술 취한 경찰관 무리가 거리를 활보하며 외설스러운 농담을 주고받았다. 그러더니 그들은 입을 모아 노래를 부르기 시작했다.

자, 술 마시러 가세
레이 왕국의 술을 마시러
지금 마시지 않으면 언제 마시리

나는 나 자신에게 말했다.

"결국에는 경찰이 나를 잡으러 오겠지……."

갑자기 내 안에서 초인적인 힘이 느껴졌다. 내 이마가 차갑게 식었다. 나는 일어나서 어깨에 누런 외투를 두르고, 목덜미에 목도리를 두세 번 감았다. 몸을 구부리고 작은 방으로 들어가서, 상자에 숨겨둔 뼈 손잡이 달린 칼을 꺼냈다. 나는 칼을 손에 들고, 발끝으로 소리 나지 않게 걸어, 그 매음녀의 방으로 향했다. 문에 도착해 보니, 방은 칠흑같이 어두웠다. 귀를 기울이자 그녀의 말소리가 들렸다.

"당신 왔나요? 목도리를 벗어요."

그 목소리는 꿈꾸는 자가 무의식적으로 중얼거리는 소리를 떠오르게 했다. 나는 전에, 내가 깊은 잠에 빠졌을 때 이 목소리를 들은 적이 있었다. 그녀는 꿈을 꾸고 있을까? 그녀의 목소리는 굵고 쉰 목소리였다. 수란 강둑에서 나와 함께 숨바꼭질을 하던 소녀의 목소리로 변해 있었다. 나는 움직이지 않고 서 있었다. 그때 다시 그녀의 목소리가 들렸다.

"들어와요. 목도리를 벗어요."

나는 가만히 어두운 방으로 들어갔다. 외투와 목도리와 나머지 옷들도 벗었다. 그리고 그녀의 이불 속으로 기어들어갔다. 무슨 이유에선지 뼈 손잡이 달린 칼은 계속 들고 있었다. 그녀의 이불 속 온기가 내게 새 생명을 불어넣는 것 같았다. 크고 불가해한 투르크멘 족의 눈을 가진 창백하고 가냘픈 여자아이가 기억났다. 수란 강둑에서 나와 함께 숨바꼭질을 하던 소녀. 나는 촉촉하고 기분 좋고 따뜻한 그녀의 몸을 품에 꼭 안았다. 그녀를 품에 안았다고? 아니다, 나는 굶주린 야수처럼 그녀를 덮쳤다. 마음속 깊은 곳에서 나는 그녀를 혐오했다. 내게 사랑과 미움은 쌍둥이였다. 그녀의 싱그럽고 달빛처럼 흰 몸이, 내 아내의 몸이 열려 코브라가 먹잇감을 휘감듯 나를 휘감았다. 그녀의 가슴에서 나는 향기에 머리가 어지러웠다. 내 목을 감싸 안은 팔의 살결은 부드럽고 따스했다. 그 순간 내 삶이 멈췄으면 하고 나는 바랐다. 그녀를 향한 증오와 원한이 사라졌다. 나는 눈물을 참으려고 애를 썼다.

그녀의 다리가 맨드레이크의 다리처럼 내 다리를 감쌌고, 그녀의 두 팔은 내 목을 단단히 껴안았다. 젊은 살결의 기분 좋은 온기가 느껴졌다. 내 불타는 몸속의 원소 하나하나가 그 온기를 빨아들였다. 내가 그녀의 먹잇감이며, 그녀가 나를 자신 속으로 빨아들이는 것이 느껴졌다. 나는 공포와 환희로 가득 찼다. 그녀의 입에서 오이 꼭지처럼 쓴맛이 났다. 기분 좋게 누르는 그녀의 포옹 아래서 나는 비 오듯 땀을 흘렸다. 열정이 솟구쳐서 이성을 잃었다.

나는 내 육체의 지배를 받았다. 내 물질적인 존재의 각각의 원소들의 지배를. 그것들은 큰 소리로 승리의 노래를 불렀다. 끝없는 바다에 무기력하게 빠진 나는, 폭풍 치는 강한 파도 앞에서 고개를 숙여 항복했다. 후박나무 향을 풍기는 그녀의 머리카락이 내 얼굴에 달라붙었다. 우리 둘의 존재 속 깊은 곳에서 고뇌와 환희의 비명이 터져 나왔다. 갑자기 그녀가 내 입술을 사납게 깨물기 시작했다. 너무 거칠게 깨물어서 내 입술이 갈라졌다. 그녀는 손톱을 이런 식으로 깨물었을까? 혹시 내가 언청이인 노인이 아닌 줄 깨달았을까? 나는 그녀로부터 몸을 떼려고 했지만, 조금도 움직일 수가 없었다. 모든 노력이 허사였다. 우리의 두 육체의 살이 하나로 달라붙어 있었다.

나는 그녀가 미쳤다고 생각했다. 둘이 몸싸움을 하던 중에, 나도 모르게 손을 뿌리쳤다. 그때까지 손에 들고 있던 칼이 그녀의 살 어딘가에 박히는 게 느껴졌다. 따뜻한 액체가 내 얼굴에 튀었다. 그녀는 비명을 지르면서 나를 잡았던 손을 놓았다. 나는 손에 따뜻한 액체를 움켜쥔 채로 칼을 내던졌다. 그리고 다른 손으로 그녀의 몸을 쓰다듬었다. 지독히 차가웠다. 그녀는 죽어 있었다. 그 순간 나는 기침이 터져 나왔다. 아니, 그것은 기침이 아니라 귀에 거슬리는 공허한 웃음이었다. 온몸의 털이 곤두서게 하는 그런 웃음. 나는 공포에 질려 어깨에 외투를 두르고, 다급히 내 방으로 돌아갔다. 등잔 불빛에 손을 펼치니, 손바닥에 그녀의 눈 하나가 있었다. 내 몸은 온통 피범벅이었다.

나는 거울 앞으로 가서 섰다. 공포감에 사로잡혀 두 손으로 얼굴을 가렸다. 거울 속에 보이는 모습은 잡동사니 파는 노인과 비슷한, 아니 바로 그 형상이었다. 방에 코브라 뱀과 함께 갇혀 있다가 살아서 나온 사내가 그랬듯이, 내 머리와 수염이 하얗게 변해 있었다. 눈에는 속눈썹이 없었다. 가슴팍에는 흰 털이 덥수룩했다. 한 새로운 영혼이 내 몸을 차지했다. 마음과 감각이 전과 완전히 다른 방식으로 움직였다. 내 안에서 악마가 생명을 얻어 깨어났다. 나는 그에게서 달아날 수가 없었다. 계속 얼굴 앞에 두 손을 들고서 나는 자신도 모르게 웃음을 터뜨렸다. 이전의 웃음보다 더 격렬한 웃음이어서, 머리끝부터 발끝까지 몸이 마구 흔들렸다. 웃음이 너무 깊어서, 몸속 어느 먼 곳에서 터져 나오는지 추측할 수가 없었다. 몸속 깊은 곳 어딘가에서 터져 나와 그저 목구멍에서 메아리치는 공허한 웃음이었다. 나는 잡동사니 물건 파는 노인이 되어 있었다.

5

　흥 분 이 너 무 도 강 렬 해 서, 길고 깊은 잠에서 깨어
났다. 나는 눈을 문질렀다. 내 방에 돌아와 있었다. 방은 아직 어
둑어둑했고, 밖에서는 축축한 안개가 창문을 기웃거리고 있었다.
어디선가 멀리서 닭이 울었다. 옆에 놓인 화로에서는 숯이 다 타
서 차가운 재로 변해 있었다. 한 번만 숨을 불어도 날아가 흩어져
버릴 것만 같았다. 내 마음이 숯처럼 공허하고 잿더미가 되어 버
려서 단 한 번의 숨에 달려 있는 기분이었다.
　내가 맨 먼저 찾은 것은 레이 유적지에서 나온 화병이었다. 나
를 운구 마차에 태워 묘지까지 데려다 준 노인이 준 화병이었다.
그런데 그 화병이 없어져 버렸다. 주위를 둘러보다가 문 옆에 웅
크리고 앉은 그림자 하나를 보았다. 아니, 목에 둘둘 감은 목도리

에 얼굴이 가려진 구부정한 노인이었다. 그는 때 묻은 손수건에 싼 화병 같은 것을 겨드랑이에 끼고 있었다. 그가 귀에 거슬리는 공허한 웃음을 터뜨렸다. 온몸의 털을 곤두서게 하는 소름 끼치는 웃음이었다.

내가 몸을 움직이는 순간, 그는 미끄러지듯 문을 빠져나갔다. 나는 그를 쫓아가려고 재빨리 일어났다. 화병인지, 아니면 그것이 무엇이든지 때 묻은 손수건에 싼 물건을 빼앗을 작정이었다. 그러나 그는 이미 저만치 멀어져 있었다. 나는 다시 방으로 돌아가서 창문을 열었다. 길거리에 웅크리고 앉은 노인의 모습이 보였다. 그는 어깨를 흔들며 웃었고, 겨드랑이에 꾸러미를 끼고 있었다. 그는 죽을힘을 다해 내달렸고, 결국 안개 속으로 사라졌다. 나는 창문에서 몸을 돌려 나 자신을 내려다보았다. 옷이 찢어지고, 머리 끝에서 발끝까지 피가 엉겨 붙어 있었다. 딱정벌레 한 쌍이 내 주변을 맴돌고 있고, 작은 흰 구더기 두 마리가 내 외투 위에서 꿈틀거렸다. 그리고 내 가슴에서는 여인의 죽은 시신의 무게가 느껴졌다.

어둠조차 볼 수 없을 때 보게 되는 세상

글에는 고독이 필요하다. 그것은 은둔과 같은 것이 아니라
죽은 자와 같은 것이다. -카프카

어느 날, 밤의 얼굴을 한 눈먼 올빼미가 검은 날개를 펴고 내
집 지붕 위에 내려와 앉았다. 한낮이었다. 태양이 머리 위에 떠 있
었지만, 그 검은 날개가 나의 의식을 뒤덮어 나는 아무 빛도 볼
수 없었다. 눈을 뜨고 태양을 바라본다. 나 자신이 눈먼 올빼미가
되어 있었다. 내 안에 이렇게 많은 어둠이 있었나 놀랄 정도로 그
심연이 깊다. 그 심연 속으로 검은 날개가 파닥이며 날아간다.

이란 사막에 자라는 선인장에 찔린 것처럼 무수한 잔가시들이
피부를 뚫고 들어와 몸을 움직일 때마다 아프다. 어디까지가 육
체의 아픔이고 어디서부터가 의식의 아픔인지 분간하기 힘들다.

가시를 떼어 내도 또 다른 가시가 미세혈관 어딘가에 박혀 있다. 사데크 헤다야트의 『눈먼 올빼미』는 그런 작품이다. 즐거운 척하고, 맛있는 척하고, 좋은 척할 때마다 그 가시가 혈관을 타고 나를 지른다. 눈동자 바로 아래가 찔리면 눈물이 쏟아진다.

　문학이 최면이고 중독이라는 것을 다시금 경험한다. 빙의된 것처럼 작가의 혼이 몇 날 며칠 따라다니고, 그가 묘사한 기이한 도형의 집들이 내가 가는 길마다 늘어서 있다. 필통 뚜껑에 늘 똑같은 그림을 그리며 살아가는 주인공 세밀화가처럼 나에게도 삶이 낯설고 부자연스러웠다. 삶이 설명할 수 없는 것이 되었다. 그 무명화가는 소설 속에서조차 이름이 없다. 그는 어떤 이유에선지 자신의 방에서 좀처럼 나가지 않는다. 이 삶과 세계가 낯설어 스스로를 가두고 있다. 소설을 읽는 동안 나는 그와 함께 종종 어둠 속에 웅크리고 앉아 있었다. 세상을 바라볼 수 있는 것은 벽에 뚫린 네모난 환기구를 통해서다. 마지막 페이지를 읽고 나면 눈이 치켜 올라간 춤추는 인도 무희를 바라보다가 코브라 뱀에 물린 것처럼 인생의 모든 맛을 잃는다. 주인공의 독백은 곧 우리 자신의 독백이다. "(벽에 비친 올빼미 모양의) 내 그림자에게 나의 삶을 설명하기 위해 나는 이야기를 하지 않을 수 없다. 아, 사랑과 성교와 결혼과 죽음에 관한 얼마나 많은 이야기들이 있는가! 그 어느 것도 진실을 말하지 않는다! 잘 구성된 줄거리와 멋진 문장들은 정말이지 구토가 난다."

올빼미는 어둠 속에서 볼 줄 아는 새이다. 그런데 눈이 멀면 그 새는 무엇을 보는가? 어둠마저 볼 수 없게 되었을 때 보게 되는 삶은 어떤 것일까?

질 들뢰즈(프랑스 철학자)는 "모국어 속에서 모국어로 '낯선 말'을 하려는 노력"을 창조라고 부른다. 모든 작가는 이 창조를 위해 언어와 존재의 심연으로 내려간다. 그러므로 모든 문학은 본질적으로 초현실주의적일 수밖에 없다. 그렇다면 왜 모국어로 '외계 언어'를 말하려고 노력하는가? 그렇지 않으면 우리는 죽을 때까지 우리가 '전부'라고 여기는 것이 정말로 '전부'인 줄 믿을 것이기 때문이다. '낯선 말'을 하려는 노력은 그 '전부'의 고정된 틀을 깨고 온전한 '전체'를 보여 주기 위함이다. 그렇기 때문에 창조는 불편한 것일 수밖에 없다. 우리가 '전부'라고 믿는 것을 부수려는 시도가 포함되어 있기 때문이다.

눈먼 올빼미는 우리에게 말한다.

"삶은 인간 각자가 쓰고 있는 가면 뒤에 있는 것을 냉정하게 드러낸다. 누구나 몇 개의 얼굴을 가지고 있다. 어떤 사람은 계속해서 하나의 얼굴만 쓰고, 또 어떤 이들은 끊임없이 얼굴을 바꾼다. 하지만 그들 모두 늙음에 이르면, 어느 날인가 자신이 쓰고 있는 가면이 마지막 가면이라는 사실을 깨닫는다. 곧 그것이 너덜너덜해지고, 그러면 그 마지막 가면 뒤에서 진짜 얼굴이 나온다."

위대한 작품들의 운명이 그러하듯이, 『눈먼 올빼미』는 출간되자마자 '위험한 책'으로 분류되어 출간 금지 조치를 당한다. 단지 정치적인 이유 때문만이 아니라 심리적으로 너무 깊은 절망감, 암울한 광기를 담고 있어서 책을 읽고 많은 사람들이 자살을 선택했기 때문이다. 이것이 과장이라고 여기는 사람은 아직 이 책을 읽지 않았거나, 건성으로 책장을 넘겼거나, 영혼이 다른 사람일 것이다. 읽기 쉬운 소설을 찾는 사람은 이 책을 건너뛰어야 한다. 모든 사람에게 좋은 책만이 좋은 책인 것은 아니다. 한두 사람에게라도 영혼의 심층부에 가닿는 책이 더 좋은 책이다. 그리고 다시 위대한 작품들의 운명이 그러하듯이, 헤다야트는 사후에 아랍 문학을 대표하는 거장으로 자리매김되었다.

페르시아어로 써진 『눈먼 올빼미』는 인간의 어두운 내면 풍경을 상징적이고 반복적으로 묘사하고 있다. 그림 안의 그림 안의 그림처럼. 그 풍경은 잠재의식 깊은 곳에 환영과 공포를 불러일으키지만, 눈부신 묘사와 깊은 감동의 여행을 선물한다. 어둡지만 아름다운 소설이다. 헤다야트의 작품들은 한결같이 세상이 낯설고 삶에 적응하지 못하는 주인공들의 이야기이며 모두 비극적인 결말을 맺는다. 수수께끼 같고 초현실적인 문체는 그의 시대와 맞지 않았으며 정신 이상자의 글로 읽혔다. 염세적인 세계관이 문장마다 스며 있어 그가 말하는 '속물'들에게는 불편했다.

　에밀 시오랑이라는 루마니아 출신의 프랑스 수필가가 있다. 그는 헤다야트가 파리에서 지내던 바로 그 무렵 프랑스에 머물면서 글을 썼다. 혹시 두 사람이 마주친 적이라도 있었을까? 헤다야트가 자주 가던 생 제르망 데 프레의 마고 카페 근처에서? 알 수 없는 일이다. 스물두 살 때 시오랑은 불면증을 동반한 우울증으로 고통을 겪은 후에 『절망의 꼭대기에서』라는 산문집을 썼다. 작가의 절규에 가까운 이 산문들에서 시오랑은 존재 자체의 고통을 탐구한다. 그리고 말한다. "나는 삶으로 죽었다." 자살은 그가 다루는 중요한 테마였다. 자살의 생각이 자신의 인생을 줄곧 지배해 왔다고 그는 말하곤 했다. 그러나 그는 자살에 이르지 않았다. 그가 발견한 자살의 방지책은 그러한 '고백'이었다.

　그러나 너무 깊은 고백은 작가의 내면을 색유리처럼 산산조각 내 버리는 것일까? 헤다야트는 자기 영혼 깊은 곳의 산산조각난 색유리들을 『눈먼 올빼미』에 쏟아붓고서 결국 자살을 선택했다. 그것이 최선의 길이었음을 그는 알고 있었다. 더 이상의 빛나는 색유리들이 그에게는 없었기 때문이다. 죽기 전에 이미 그는 무가 되어 있었다.

　어둠은 눈으로 보는 것보다 손으로 더듬을 때 더 깊다. 눈먼 올빼미의 어둠이 깊은 것은 그 까닭이다. 그 어둠은 내 안에도 있고, 타인과 나 사이에 가로놓인 심연 속에도 있다. 그리고 내가 나 자신을 알지 못한 채 죽을 수도 있다는 두려움 속에도 있다.

어둡고 슬프고 광기가 어려 있지만, 사데크 헤다야트는 오래도록 독자의 의식을 지배할 작품을 썼다. 생의 심연으로 번져 가는 어둠, 암울하지만 눈을 뗄 수 없을 만큼 강렬한 환영이 모든 페이지를 지배한다. 나는 아마도 책장에 꽂힌 책들의 한가운데에 이 책을 꽂아 두지는 못할 것이다. 그렇게 되면 다른 책들이 그 부서진 색유리들에 빛을 잃을 테니까. 그러나 어디에 꽂아 두든, 밤이면 어떤 검은 새의 날개가 내 집 지붕 위에 내려앉을 것이다. 그리고 나는 중얼거리게 될지도 모른다. "삶에는 서서히 고독한 혼을 갉아먹는 궤양 같은 오래된 상처가 있다……."

에밀 시오랑은 헤다야트의 책에 서문을 쓰듯이 이렇게 썼다.

"나는 책이 상처가 되어야 한다고 믿는다. 읽는 이의 삶을 바꿀 수 있어야 한다고 생각하기 때문이다. 책은 모든 것을 변화시키고, 모든 것을 질문해야 한다."

류시화

*이 글은 영역본 『The Blind Owl』을 읽고 10년 전에 쓴 글을 수정한 것이다.

삶을 끝내게 만드는 책

This Book Will End Your Life

어렸을 때 내게 금지된 많은 장소들 중에는 한 권의 책의 페이지들도 있었다. 그 책은 우리 집 책장에 있지도 않았다. 우리 집에는 온갖 책들이 있었다. 내가 자란 로스앤젤레스 교외의 그 아파트에는 벽마다 책들이 가득 꽂혀 있었다. 페르시아어와 영어로 된 책들이었다. 그러나 우리 집에 없는 한 권의 책이 있었다. 그것도 주목할 만한 책이. 조만간 그 책의 부재를 나는 느끼게 되었고, 단지 느낀 정도가 아니라 그 책을 간절히 원하게 되었다.

내가 처음 『눈먼 올빼미』에 대해 들은 것은 내 나이가 두 자리 수도 채 되지 않았을 때였다. 제목이 내가 읽은 동화책들의 제목과 그리 다르지 않았다. 그 책에 대해 물었더니 아버지는 자신이 태어나기도 전에 써진 페르시아 문학의 걸작이라고 대답했다. 나는 "무슨 이야기인데요?" 하고 물었다. 아버지는 침묵했다. "앞을 못 보는 올빼미에 대한 이야기에요?" 또다시 침묵. 그래서 나는 "우리 집에 그 책이 있나요?" 하고 물었다. 평소와 다른 아버지의 과묵함이 나로 하여금 더 캐묻게 했다. 몇 년에 한 번씩 필연적으로 우리의 대화 중에 그 책이 화제로 떠올랐고, 나는 다시 캐물었지만 여전히 똑같은 침묵 외에는 아무 대답도 들을 수 없었다.

나의 10대 시절은 '내가 아무것도 알지 못하는 일들에 집착한 시기'라고 특징지을 수 있다. 『눈먼 올빼미』도 예외가 아니었다. 나는 그 책을 손에 넣기로 결심했다. 아버지는 유난히 능청스런 미소를 지으면서 "우리 집에는 없는데." 하고 말했다. 나는 충격을 받았다. "왜요? 무슨 내용을 다룬 책인데요? 아버지는 읽어 보셨어요?" 아버지는 말했다. "물론이지. 이란에서는 누구나 그 책을 읽었지." 나의 논리적인 항의. "그러면 왜 저는 읽으면 안 되는데요?" 그제야 아버지는 갑자기 무척 진지해지면서 말했다. 우리 집에 그 책이 없는 이유는, 가능하면 내 손에 들어가지 못하게 하려는 목적도 있고, 출간된 후 이란에서 많은 사람이 읽고 자살하게 만든 책이기 때문이라고. 또다시 침묵. 그러더니 아버지는 덧붙였다. "그리고 네가 알아야겠다면 말해 주지만, 그 저자 역시 자살을 했다."

그 시절 나는 이미 버지니아 울프(영국 작가. 자살), 실비아 플래스(미국 시인, 소설가. 자살), 앤 섹스턴(미국 시인. 자살), 어니스트 헤밍웨이(미국 소설가. 자살)에게 빠져 있었고, 커트 코베인(미국 록 밴드 너바나의 보컬리스트)까지 막 목숨을 끊은 참이었다. 자살은 내게 엄청난 유혹이었다. 이 모든 것이 그 책을 더 간절히 원하게 만들었다.

하지만 나는 그 책을 손에 넣지 못했다. 한동안은 그랬다. 그러다가 대학에 진학하면서 까맣게 잊고 있었는데, 어느 여름 방학에 집에 오니 아버지가 갑자기 그 책을 내게 가져다주었다. 영어 번역본이었다. 아버지는 약간 당황해 보였다. "여기 있다. 하지만 읽지는 말아라." 아버지는 눈을 아래로 깔고, 안절부절 못하면서 침묵했다. 그리고 덧붙였다. "영어로 되어 있으니 그렇게까지 심하진 않겠지. 모르겠구나." 더 긴 침묵. "하지만 그 책에 대해 너무 많이 생각하지는 말아라."

마침내 내 책이 되었다. 여러 날 동안 기뻐서 내 책꽂이에 꽂힌 그 책을 바라보았다. 보기만 하고 손을 대면 절대 안 되는 마법의 물건이라도 되는 것처럼. 그 책은 몇 년간 그 자리에 있었다. 마침내 소유하게 되니 간절함이 덜했다. 언제라도 그것을 꺼내어 읽을 수 있다는 걸 알기에.

그것이 나의 첫 번째 시기였다. 두 번째 시기는 그 책을 읽고 싶었지만 그럴 수 없었던 시기였다. 물을 것도 없이 자살에 대한 미혹 때문이었다. 20대 초반 나는 점점 우울해졌다. 자살이 이전만큼 매혹적으로 보이지는 않았지만, 더 뇌리를 떠나지 않았다. 그 책이 열쇠를 잠그지 않은 장롱에 든 장전된 총처럼 느껴졌다. 책꽂이에 꽂힌, 내가 애지중지하는 다른 오래된 책들과는 달리 『눈먼 올빼미』는 손도 대지 않은 채 먼지를 뒤집어쓰고 옆으로 뉘어져 있었다. 나는 학교에 그 책을 가져가지도 않았고, 어디에도 가져가지 않았다. 주기적으로 그 책에 대해 생각하고 다가가 볼까도 생각했지만, 역시 나를 죽이거나 아니면 적어도 나를 저주할 능력이라도 있는 물건인 양 거리를 두었다. 더 밝은 성격이었던 청소년기에는 아버지의 그런 태도가 터무니없어 보였듯이, 이제는 마법에 걸린 내 생각이 터무니없게 느껴질 시기를 나는 기다리고 있었다.

나는 소설을 쓰기 시작했고 그때가 되어서야 그 시기에 접어들었다. 늘 길쭉하게만 보이던 그 책이, 몇 해 동안 사람을 보호해 주고 덮어 주고 피난처가 되어 주는 힘을 가지고 있었다. 그리고 그 시기에 나는 삶에서 최초로 두려움을 느끼지 않았다. 자신감도 없었지만 적어도 두려움은 없었다. 마침내 다시 부모님의 집에서 그 책을 꺼냈고, 빠른 속도로 읽어 나갔다. 단어들이 불타고 있기라도 한 것처럼, 시간을 끌면 책이 나를 불태우기라도 할 것처럼, 한 자리에서 읽어 내려갔다. 그 마법 같은 생각이 완전히 먼지로 화한 것은 아직 아니었다.

하지만 그것은 일부에 불과했다. 나머지 부분은 내용이었다. 그 책은 내가 읽은 책들 가운데 가장 충격적인 작품이었다. 그 즈음 나는 이미 충격적인 책들을 많이 접했었다. 사실 그런 작품들에 깊이 끌렸었다. 하지만 이 책 때문에 며칠이나 토할 것만 같았다. 저녁 식탁에서 힘없이 발표할까도 생각했다. 15년 동안 궁금해하던 끝에 마침내 알았노라고. 그 책을 읽었노라고. 하지만 그 이야기를 꺼낼 수가 없었다. 내가 그 소설을 읽었다는 사실을 나는 누구에게도 말하지 않았다.

일단 소설을 다 읽자, 에둘러 표현하자면 기운이 빠지기 시작했다. 몇 가지 불운이 겹치면서 생긴 비애감 때문에 나는 그 무엇도 두렵지 않았다. 절망도, 죽음도, 그 무엇도. 내 소설에 실을 머리글을 찾다가 적절하게도 내 마음이 『눈먼 올빼미』로 향했다. 내가 선택한 문장은 이것이었다. "나는 나 자신에게 말했다. 만약 모든 인간이 자신의 별을 가지고 있다면, 나의 별은 어둡고 멀리 떨어져 있음이 분명하다. 어쩌면 나는 처음부터 별을 가지고 있지 않았을지도 모른다."

이것은 여러 가지 면에서 내 소설에 어울리지 않는 머리글이었지만, 그 당시의 나 자신과 딱 맞아떨어지는 문장이었다. 나의 비할 데 없는 참담함에 그보다 어울릴 어떤 작가도, 작품도 떠올릴 수 없었다.

그리고 그때 나는 마음 한구석으로는 이 참담함을 극복할 것이라 믿었고, 모든 사람에게 이 숨막히는 소설을 알리고 싶었다. 이 소설은 굴곡 많은 개인사를 겪으면서 내게는 '세상'을 의미하게 되었다.

그리고 나는 지금 이 자리에 와 있다. 아직 이 작품과 만나지 않은 모든 사람에게 이 소설을 알리기를 희망하면서. 여러 해에 걸쳐 이 소설을 되풀이해 읽으면서 나는 작품에 깔린 공포감에 점점 면역이 생겼고, 그 뛰어남에 점점 매혹되었다. 무엇보다 이 소설은 여러 번 읽기를 요구한다. 그리고 독자가 이 작품의 연구자가 되기를 요구한다. 나 자신이 소설가가 되면서, 이 작품의 마력에 대한 두려움이 줄고 그 기법에 점점 익숙해졌다. 그러나 이 소설이 가진 심오한 미학에 대한 감탄은 결코 줄어들지 않았다. 또 점점 알아갈수록 사데크 헤다야트는 나의 가장 소중한 문학 아이콘이 되었다.

서구의 독자들에게 D. P. 코스텔로의 1957년 번역본의 새로운 출간을 소개하면서 마음이 흥분되고 벅찬 것도 그 때문이다. 물론 소개글을 쓰는 일을 맡으면서 처음 떠오른 감정은 당황스러움이었다. 사데크 헤다야트가 두꺼운 검은 뿔테 안경 속에서 눈을 굴리면서, 내게 위트 있는 말을 던지는 광경이 상상되었다. 내가 아는 모든 이란인들의 평가도 떠올랐다. 그들은 눈도 깜빡이지 않고 『눈먼 올빼미』를 극찬할 것이다. 『눈먼 올빼미』는 맹목적인 열광을 끌어내는 국보급 작품이다. 특수하게 묘사된 어떤 대목이 마음에 들지 않거나 당황스러운 반전에 어리둥절할지라도, 이란인들은 이 작품을 그들의 것으로 여긴다. 우리 안에서 헤다야트가 너무도 뚜렷하게 느껴지기에, 그가 이란어로 글을 썼다는 사실을 기억하기가 힘들 정도이다.

  사실 『눈먼 올빼미』는 따로 소개가 필요하지 않다. 이 작품은 이란과 서구에서 가장 유명한 페르시아 소설이며, 헤다야트는 의심할 여지 없이 페르시아 모더니즘 소설의 아버지이다. 그러나 『눈먼 올빼미』가 가진 혁신적인 초현실주의는 헤다야트의 작품들 중에서도 예외적이다. 그의 작품들은 대개 사실주의적 맥락이고, 뒤틀린 웃음을 유발하는 풍자 소설들이다. 또는 사실주의 작품들 안에서 향수를 불러일으키는 작품들이다. 이 소설의 경우 쉽게 읽히는 않지만, 그럼에도 20세기 이란의 문학 작품 중 가장 명성이 높다. 애매한 상징성, 나선형으로 꼬인 암호화, 왜곡된 심리적 풍경, 세속적이지 않은 주제 때문에 일반 대중이 읽기 어렵다고 짐작하는 이들도 있다. 하지만 헤다야트의 글은 단순한 문체로, 미국 중학교에서 많이 가르치는 에드거 앨런 포의 작품처럼, 그리고 포와 함께 헤다야트 자신이 높이 평가한 카프카의 작품처럼 쉽게 접할 수 있다. 전설적인 악명과 더불어 그의 글 자체가 이 작품을 이란의 핵심적인 문학 유산으로 만들었다. 인간 영혼의 가장 어두운 틈에 대한 탐구를 권할 뿐 아니라, 예술에서 더 많은 포괄적인 실험을 하는 것이 이란인의 기질인 듯싶다.

하지만 어떤 이유에서든 헤다야트의 작품은 그러한 공포 속으로 들어간다. 『눈먼 올빼미』는 헤다야트에 관한 탁월한 연구자인 호마 카토지안이 '사이코 픽션'이라고 부르는 걸작이다. 이 작품은 '기본적으로 이야기들의 주관성을 반영하며, 눈에 보이지 않는 전체 안에서 심리적, 존재론적, 형이상학적인 면을 한데 엮고' 있다. 그런 면에서 이 작품은 신비적인 우화 형식이면서도 그의 가장 '사실적인' 작품으로 다가온다. 마치 작가와는 별개로 소설이 존재하는 것처럼 느껴진다. 마치 경전처럼, 눈에 보이는 속성이 없는 유물인 듯 느껴진다. 작가의 자서전과도 같은 열띤 고백 투의 적나라함에서 비현실적인 확실성이 거듭 드러난다. 또 그런 요소가 무서운 이야기를 더 무섭게 만드는 것도 사실이다.

결국 이 책에는 헤다야트의 삶의 특정 요소들이 투영되어 있다. 아편이 안개처럼 번져 있다. 헤다야트가 가끔 아편을 했다고 믿는 이들도 있고, 구제불능의 중독자였다고 믿는 이들도 있다. 또 물론 헤다야트가 인도에 매혹된 점도 반영되어 있다. 그는 뭄바이에서 중기 페르시아어(기원전 3백년부터 10세기까지 문헌에 쓰인 페르시아어)를 공부했고, 그곳에서 『눈먼 올빼미』를 썼다. 신비로운 이야기에서, 화자의 어머니 부감 다시는 절반이 인도 혈통인 무희이다. 그녀는 이 소설에서 유일하게 이름이 있는 인물이다. 그녀가 말하는 오싹한 '코브라 뱀의 시험'은 이야기의 악몽 같은 전제를 부각시킨다. 또 헤다야트가 인도에서 실천한 채식주의도 섞여 있다. 화자가 동네 푸줏간 주인이 일하는 광경에 경악하는 대목에서 소설에 깔려 있는 채식주의가 드러난다. 또한 독자의 판단에 따라야 하겠지만, 헤다야트의 섹스에 대한 무관심 또는 동성애적인 총각 시절도 반영되어 있다. 성적인 초조감과 불능에 대한 불안은, 음탕하지만 만족하지 못하는 연인들의 다양한 풍경부터 소설의 궁극적인 클라이맥스에 이르기까지 여러 이미지들로 표현된다. 뛰어난 헤다야트 연구자인 마이클 비어드는, 남근의 성취가 실패로 돌아가자 칼을 들이대는 대목이 실제 클라이맥스라고 지적한다.

또 소설 전반에 영원한 이방인의 태도가 깔려 있다. 그것이 헤다야트의 절망감이었으며, 그 때문에 그는 1951년 가스를 틀어놓고 자살했다는 사실을 우리는 안다. 그는 예술적으로 세상을 표현하는 데뿐만 아니라, 세상을 거니는 데서도 커다란 고독을 짊어진 사람이었다. 헤다야트의 화자는 그림이나 글쓰기를 통해 악몽을 표현하고 고백한다. 그는 그림이든 글쓰기든 창작 활동이 자기 그림자와 대화하는 방식이었음을 밝힌다. 비어드는 이 그림자가 바로 '우리', 즉 헤다야트의 예술뿐 아니라 화자의 예술을 보는 관객일 수도 있다고 지적한다.

그 외에는 소설적 허구라고 말할 수 있다. 완전히 신비로움에 뿌리를 내린 허구여서, 『눈먼 올빼미』는 '사실적'으로 느껴지면서도 나름의 세상에서 나온 것처럼 보일 정도이다. 이 작품은 저자, 아니 어느 작가의 경험도 뛰어넘는 그런 이야기이다.

헤다야트는 서른세 살에 처음 인도에서 이 소설을 출간했다. 50부를 필사해 친구들에게 돌리면서 '이란 내 판매 금지'라는 주의 사항을 덧붙였다. 이전에 이란 당국의 검열을 당해 낙심한 경험이 있어서였다. 입헌 혁명이 일어난 지 25년이 지났고, 카자르 왕조가 끝나고 팔레비 왕조가 세워지면서 레자 샤 팔레비(이란의 왕)의 통치가 시작된 지 10년이 흘렀다. 그 사이 이란의 석유를 두고 영국과 러시아가 침을 흘리는 가운데, 이란은 급격한 권위주의적인 현대화와 세속화를 경험했다. 반면 레자 샤의 통치는 선전과 검열을 통해 대중들에게 보이지 않는 족쇄를 채웠다. 이란은 급히 서구화되면서, 이슬람의 전통주의와 서구의 현대화가 줄다리기하는 각축장이 되었다. 이 문화적인 교차 시기는 낡은 것과 새 것, 전통과 진보, 이란이 지금도 깊이 앓는 정체성 위기가 힘을 겨루며 수십 년간 지속되었다. 헤다야트가 보기에 성직자도 군주도 해답을 갖고 있지 않았다. 보통 사람들도, 엘리트 지식인 들도 마찬가지였다. 그가 조국과 불화했다고 성급한 결론을 내리 는 이들이 많지만, 그는 그 시대와도 불화했다. 안타깝게도 지금 이 시대에 그가 살아 있다 한들 더 나을 것이 없을 것이다. 헤다 야트 역시 나처럼 끝 모를 망명 속에서 이민자가 되었을 것이다.

1941년에서 1942년 신문 〈이란〉 지에 연재된 『눈먼 올빼미』는 정부 당국과의 한판 숨바꼭질을 벌였다. 1993년에 다시 출판되었 지만 검열당했고, 2005년 테헤란 국제 도서 전시회에서는 출품 금지당했다. 2006년 대대적인 축출의 일환으로 출판권이 몰수되 었다. 하지만 국민 사이에서 이 책이 끊임없이 돌아다닌다는 증언 이 있다.

이 책을 지배층이 용납하지 않는 이유가 단지 피가 낭자하기 때문이었을까? 나는 두 문화의 결합 때문이었다고 생각한다. 헤 다야트의 어떤 작품보다도 이 책에서 그런 요소가 전형적으로 나 타난다. 20세기 이전 페르시아에는 산문체의 소설이 존재하지 않 았다. 또 초기 이란 소설들이 학자들과 지성인들이 집필한 역사 소설들인 반면에 『눈먼 올빼미』는 소설이라는 색다른 입지에서 보더라도 매우 독특했다. 헤다야트는 두 문화적인 면이 강했고, 『눈먼 올빼미』는 흔히 주장하듯 유럽의 전통을 따르고 들여쓰기까지 한 서구 소설이었다. 헤다야트는 여러 면에서 프랑스적인 면모를 지닌 사람이었다. 그는 테헤란에서 프랑스 학교 생 루이 미션 스쿨을 다녔고, 스스로 프랑스 문학 연구가라고 주장했다. 그는 파리에서 죽었으며, 유명한 페르 라세즈 묘지공원에 묻혔다. 그는 동양인일 뿐 아니라 서구인이었다. 그의 소설 역시 마찬가지였다. 그의 작품은 중동이나 서아시아적이라고 말할 수도 있다. 또 이란의 좌우익은 늘 이란의 상황 혹은 이란의 현대적인 상황을 대면하기 두려워했다. 이란은 지속적으로 정복당하고, 영원히 추방되고 쫓겨나는 나라였다. 오래전 과거를 목적지로 삼아 집을 찾는 자들의 나라였다. 헤다야트는 테헤란 사회에서 위안을 발견하지 못했지만, 파리에서도 평온을 얻지 못했다. 그는 종교와 국가, 모두의 부패에 신물 난 이란 민족주의자였으며, 언제나 서쪽을 바라보았다. 또 그는 유럽에서는 외국인이어서, 끝없는 비자 신청과 극심한 재정난에 시달렸다. 그의 시선은 그가 귀족이었던 모국이 주는 위로로 쏠렸다. 이런 모순들처럼, 『눈먼 올빼미』의 가장 큰 난관은 독자들이었다. 이란 독자들은 서구의 문학 작품들을 많이 접하지 못했고, 서구 독자들에게는 이란의 토속적 묘사가 낯설었다. 하지만 이 책은 양쪽 독자들 속에서 깊이 자리했다. 학자들은 이 소설의 각각의 페이지들이 무엇으로부터 영향을 받은 것인가를 찾아냈다. 불교 교리, 칼 융, 릴케, 에드거 앨런 포,

사르트르, 카프카 등. 어떤 주장은 타당성이 약하고, 어떤 것은 분명해 보인다. 아무튼 이 작품이 동양과 서양을 거부하면서도 동양적이고 서양적이라는 점은 부인할 수 없다. 내가 이란적이고 미국적인 두 요소가 연결된 나 자신의 소설을 쓰면서 이 책을 생생히 떠올린 이유는, 두 세계를 연결한 첫 작품이라는『눈먼 올빼미』의 특징 때문이었다. 헤다야트는 최초의 진정한 이란인 이민자이자, 서구를 꺼리면서도 앞서서 받아들인 선구자였다.

정말이지 뒤죽박죽인 작품의 여정을 따라가면서, 누구나 공통적으로 이 소설의 양극성을 인정한다. 우리는『눈먼 올빼미』가 반복해서 읽을 소설이라는 점을 알게 된다. 페이지마다 암호, 변주, 반복, 재생이 총망라되지만 색인이나 단어 설명, 각주, 비평가들이 동의하는 분석 따위는 없다. 예전의 독서 방식과는 달리 우리는 혼자, 오로지 혼자서 이 책을 읽어야만 한다.

독자는 한손에는 고딕 양식의 연애소설을, 다른 손에는 표현주의적인 스릴러물을 들고 있다. 어느 쪽 시각에서 보나 이 소설은 혁신적인 구조로 인한 문제가 많다. 하나의 이야기에 두 편의 중편이 들어가 있고, 똑같은 서술 부분이 일치하거나 배치되는 역할을 한다. 1부에서 화자는 화가로, 필통 뚜껑에 그림을 그리는 것이 그의 일이다. 2부에는 그가 화가라는 언급이 없고, 그는 고백하는 사람이다. 그가 미치지 않은 온전한 정신 속에 남은 것을 간직하기 위해 이야기를 털어놓는 작가라고 짐작할 수 있다. 흥미롭게도 필통에는 작가의 글쓰기 도구가 담겨 있는 반면, 1부에서는 필통이 과거 고백의 뒤틀린 꿈을 모아놓은 곳으로 존재한다. 달리 말해 1부는 꿈이라는 형태 안에서 현재인 반면, 2부는 고백이라는 형태 안에서 과거이다. 그러니 알고리즘(문제를 해결할 때 답을 유도하는 일련의 규칙)이 불안정하다는 것만은 분명하다.

하지만 이중성은 계속된다. 비어드는 1부의 화가가 그의 뮤즈를 표현하는 방식으로 볼 때 플라토닉 러브 상태에 빠져 있다고 지적한다. 아름다운 처녀인 그녀는 천사처럼 그의 집 앞에 나타나 그의 침대에서 죽는다. 그녀는 죽음에 사로잡혀서 한순간 눈을 뜨고, 덕분에 화가는 그 눈을 그릴 수 있다. 그러다 그녀는 무가 되어 매장할 대상이 된다. 소설에 등장하는 여러 노인 중 한 명이 이 매장에 관여하고, 이 사악한 자가 영구 마차를 몰게 된다. 2부에서는 모든 것이 1부의 반대이다. 화자는 매음녀 같은 부정한 아내를 향한 욕망에 빠져 있다. 자신의 침실에 애인을 들이는 그의 아내는 옆방에서 지내고, 남편인 화자는 무덤 같은 자기 방을 좋아해 부부는 각방을 쓴다. 하지만 이 단순한 배경은, 정해진 주제뿐 아니라 정해진 이미지의 병렬과 재생과 변주라는 교묘한 일면을 지닌다. 비어드는 이 작품이 같은 배우들이 반복해서 다른 배역을 연기하는 것과 같다고 지적한다. 우리는 숙부, 무덤 파는 사람, 잡동사니 물건 파는 노인, 화자 같은 남자들을 만난다. 또 필통에 그려진 여자, 그가 집의 환기구 밖으로 훔쳐보는 여자, 문간에 있는 천사, 아내, 그의 어머니 같은 여자들도 만난다. 활동과 그림이 서로 모방하듯 장면들은 서로 똑같다. 필통에 그려진 장면은 환기구 바깥의 장면이고, 이것은 1부에서 처녀를 매장할 때 나온 고대의 화병에 그려진 그림이기도 하다. 또 매장은 그의 어머니의 마지막 춤 장면과 같은 장면이다. 이 기법은 눈부시게 혁신적일 뿐 아니라, 반대되는 효과를 보여 준다. 반복 재생되는 공통된 비유적 묘사는, 약간의 상상이나 간단한 행위를 의미하거나 단순히 시나리오의 지루한 재생을 보여 준다. 매끈한 소설의 단순한 구조를 그렇게 재배치해서 휘젓고 비트는 것은, 당시든 지금이든 앞으로든 소설에서 불가능할 것이다. 그 때문에 독자는 집중해서 여러 번 읽어야 하고, 진지하게 분석해서 암호를 해독해야만 한다.

마이클 비어드를 여러 차례 언급했으니, 그가 이 소설의 가장 뛰어난 연구서인 〈현대 소설로서의 헤다야트의 『눈먼 올빼미』〉를 썼다고 밝혀야 될 듯하다. 나는 그의 글을 읽고, 이 작품을 발견하게 된 동기를 묻는 내용의 편지를 그에게 보냈다. 그는 평화 봉사단(미국 정부가 미국 청년들을 후진국에 파견한 봉사 단체)의 일원으로 이란에서 교육받을 때 이 책을 처음 접했다고 말했다.

"열이 나던 밤에 이 책을 읽었습니다. 그 얼마 전 열람실에서 고른 이 책이 좋은 친구가 될 거라고 생각했습니다. 과연 완벽한 친구였습니다. 낯선 곳에서 늦은 밤 혼자 지내자니 나와 이 책이 잘 어울리는 느낌이었습니다. 소설을 이해하기 전부터도 이것은 매혹적인 작품이었습니다. 배치 받은 지역에 부임한 후에도 이 책에 대한 기억이 머릿속을 맴돌았습니다. 읽기보다 말하기를 먼저 배우는 게 평화 봉사단의 교육 방침이어서, 나는 페르시아에서 더 듬더듬 글을 배웠고 이 소설이 내게는 교과서였습니다. 손에 사전을 들고 천천히 이 작품을 읽기 시작했고, 이 책은 스승이 되었습니다."

가장 흥미로운 대목은, 그가 답신의 마지막에 한 말이었다. 그가 탁월한 논문에서는 드러내지 않은 감정이었다.

"후에 나는 전기적인 관점에서 헤다야트에 대해 생각하기 시작했습니다. 의문의 여지없이 그는 우울한 성격 때문에 자살했지만, 그의 글에는 우울함과 배치되는 충만함이 있다고 나는 믿습니다. 우울한 표현은 우울함과는 다릅니다. 그것은 팔을 쭉 내밀고 우울함을 쥐고 있는 것일지도 모릅니다."

이것이 『눈먼 올빼미』의 악몽에 접근하는 열쇠라는 생각이 든다. 일단 퍼즐 조각을 맞추고 게임을 이해해서, 그 규칙에 따라 읽는 것이다. 헤다야트는 평생 오래도록 우울했지만, 파리와 테헤란의 카페에서 재미난 이야기로 많은 친구들과 추종자들을 즐겁게 하던 사람이었다. 그런 점을 상기시키는 요소가 글에 담겨 있다. 이 소설과 여러 작품에서 우리는 그가 죽지 않았던 이유를 찾을 수 있다. 그 때문에 독자들이 이 책을 읽고 자살할 리 없다는 것이 나의 믿음이다.『눈먼 올빼미』는 이야기의 승리가 아니라 예술의 승리이기에. 이 작품은 살거나 죽는 방법이 아닌, 창작하는 방법에 대해 몇 가지 일러준다. 그것이야말로 가장 삶을 긍정하는 게 아닐까?

아버지가 이 책을 금서로 삼았다가 결국 포기한 후 오랜 세월이 흘렀고, 나는 개인적인 이유에서 그런 소란이 벌어졌음을 깨달았다. 결국 내가 헤다야트의 계승자나 먼 후손이 아닌 그의 자녀라는 생각이 들었다. 또한 나의 아버지는 헤다야트와 비슷한 점이 제법 많았다. 아버지 역시 중세 페르시아에 큰 관심을 가졌고, 조로아스터교의 맹신자로 이슬람 이전의 페르시아를 낭만적으로 여겼다. 덕분에 거실 벽마다 스미소니언 잡지를 컬러 복사한 기사들과 사산 왕조(페르시아의 왕조) 시절의 접시와 아케메네스 왕조(이란의 왕조)의 부조 이미지들이 빼곡했다. 게다가 헤다야트처럼 아버지의 채식주의 성향 덕분에 나도 채식주의자가 되었다.

물론 아버지는 작가가 아니었지만 나를 작가로 만들었다. 아버지가 시무룩하고 음울한 외톨이 자식을 키웠다는 것도 분명하다. 그 아이는 상상 속의 그곳에서도, 소설 속의 이곳에서도 마음이 불편했다. 물론 내가 오랫동안 이 책을 읽지 못하게 한 장본인도 아버지였다.

아버지가 내게 쓴 방법이 효과가 있었으니, 나도 말해야겠다. 독자들이여, 무슨 일이 있어도 이 책을 읽지 말기를.

나는 분명히 경고했다.

포로키스타 카크푸르

* 포로키스타 카크푸르는 1978년 이란의 테헤란에서 태어나 미국 캘리포니아에서 성장한 소설가이다. 딜런 토머스 문학상 후보에 오르는 등 떠오르는 젊은 작가로 주목받고 있다. 이 글은 영역본 『The Blind Owl』 2010년 판에 수록된 소개글이다.

혹독한 삶과 죽음의 절박한 목소리

독자로서든, 번역자로서든 새로운 작가를 만나면 그가 보여 주는 새로운 세상을 만나는 경험을 하게 된다. 그 세상은 처음 접하는 시간이나 장소일 수도 있고 등장인물들일 수도 있다. 혹은 그 인물들이 엮어 가는 관계나 심리 상태일 수도 있다. 그 새로운 세상으로 들어감으로써 우리는 시대적, 공간적 상황과 인간들에 대한 이해를 얻고, 미처 생각 못 했던 것을 사유하게 되고, 감성적으로 풍부해지고 공감할 줄 알게 된다. 그러니 문학작품은 또 하나의 세계인 셈이다.

『눈먼 올빼미』를 번역하면서, 나는 이야기라는 서사적 구조 안에서 살아 움직이는 인물들 외에 빛, 소리, 냄새를 공감각적으로 느꼈다. 소설 번역 작업을 할 때는 늘 이야기에만 몰두했던 터라, 아주 새롭고 아찔한 경험이었다. 어두우면서도 눈부시고, 어지러우면서도 단순하고, 독한 냄새와 향기가 풍기고, 골방에 갇힌 정체의 와중에도 힌두 사원 무희의 유려한 춤사위가 어우러져 빚어내는 정경. 렘브란트의 어두운 그림 같기도 하고, 에드거 앨런 포나 도스토옙스키의 소설 같기도 한 풍경. 뭐라 한 마디로 설명할수 없는 소설이 바로 사데크 헤다야트의 『눈먼 올빼미』이다.

『눈먼 올빼미』는 '삶에는 서서히 고독한 혼을 갉아먹는 궤양 같은 오래된 상처가 있다. 이 상처의 고통이 어떤 것인가 타인에게 이해시키는 일은 불가능하다.'로 시작된다. '고독한 혼을 갉아먹는 궤양 같은 오래된 상처'라는 표현에 나는 날카로운 칼로 심장을 베인 듯한 충격과 통증을 경험했다. 많은 소설을 번역했지만 이렇게 강렬한 첫 문장은 처음이었다. 이 대단한 작가가 데려가는 소설의 질곡들을 어떻게 따라갈 것인가라는 고민도 시작되었다. 일반적으로 번역 작업을 할 때는 글이 어디로 가고 있는지 가늠한다. 소설의 내용만 쫓아가는 것이 아니라, 작가가 이끄는 대로 따라가지만 번역자 나름대로 방향을 잡아 길을 간다. 하지만 『눈먼 올빼미』의 경우 첫 문장부터 시작된 현기증과도 비슷한 아찔함은 소설 말미까지 계속되었다.

작가의 묘사를 따라가노라면 페르시아 변두리 마을 어느 어두운 골방에서 죽음을 앞두고 광기와 사랑에 사로잡힌 남자의 음울한 마음과 아픈 정신 속을 여행하게 된다. 헤다야트는 소설에서 인간의 정신 속에 깊이 자리한 흔들림 같은 것을 보여 주려 했을까. 아니면 아편에 취한 깊은 상처 같은 삶 속에서 끝없이 이어지는 불확실한 인간과 사물의 관계에 대해 말하려 했을까. 혹은 경계 없이 이어지는 삶과 죽음이란 현실 혹은 환상을 그리려 했을까. 답을 알 수가 없다. 그것이 이 소설이 갖는 매력이다. 읽고 또 읽으면 자꾸만 새로운 생각과 감정이 일어난다. 아무튼 그 모든 의문 밑에는 고혹적인 아름다움이 깔려 있다. 깊고 강렬하고, 그러면서도 바닥 모를 깊이로 빠져들게 만드는 소설이 『눈먼 올빼미』이다.

이야기 속에 또 다른 이야기가 복잡하게 얽힌 이 소설에서 우리는 헤다야트가 좋아한 소설가 카프카와 시인 릴케를 만나는, 소설에서 다른 작가들을 만나는 독특한 경험을 한다. 이 소설의 전편에 흐르는 자기소외와 죽음은 대표적 표현주의 작가인 카프카와 릴케가 자주 다룬 주제이다. 카프카의 경우 지금껏 볼 수 없었던 기이하고 불온한 어법으로 새로운 세계를 묘사하는 작가로 꼽히며, 대표작 『변신』에서 하루아침에 벌레로 변한 주인공을 통해 자기소외라는 주제를 잘 보여 준다. 『시골 의사』에 나오는 '나는 대단한 상처를 갖고 이 세상에 태어났다.'라는 문장은 『눈먼 올빼미』의 첫 문장과도 비슷하다. 카프카와 헤다야트 모두 시대의 상흔이라는 상처를 가진 작가들이었다. 카프카는 수기에서

"나는 자기 시대의 부정적인 면을 힘껏 끌어안고 말았다……. 나는 종말이거나 발단이다."라고 말했다. 헤다야트 역시 군부독재를 기반으로 한 이란의 정치 체제와 불화했다. 헤다야트는 『눈먼 올빼미』에서 "내가 느끼고 보고 생각하는 모든 것이 완전히 상상에 지나지 않는 것일까? 현실과는 전혀 다른? 나는 단지 내 그림자를 위해 이 글을 쓰고 있다."라고 밝힌다. 카프카는 오스카 폴락에게 보낸 편지에서 이렇게 말한다. "우리가 필요로 하는 책이란 우리를 몹시 고통스럽게 하는 불행처럼, 우리 자신보다 더 사랑했던 사람의 죽음처럼, 우리가 모든 사람을 떠나 인적 없는 숲 속으로 추방당한 것처럼, 자살처럼 우리에게 다가오는 책이다. 책은 우리 내면의 얼어붙은 바다를 깨뜨리는 도끼가 되어야 한다." 바로 헤다야트의 『눈먼 올빼미』가 그런 작품이다.

헤다야트는 시인 릴케의 작품을 공부하고 흠모했다. 독창적인 언어를 구사해서 색다른 시 세계를 구축한 릴케는 헤다야트처럼 파리에 거주한 적이 있으며 사랑과 죽음, 유년기의 공포, 여성 숭배, 신의 문제 등을 주제로 삼았다. 특히 "이 삶은 죽음을 낯설고도 힘겹게 만들기에 / 그 죽음은 우리의 죽음이 되지 못합니다 / 미처 성숙하기 전에 우리를 덮치는 죽음입니다. / 그러기에 폭풍은 우리를 흔들어 떨어뜨리고 지나갑니다"('죽음의 시' 중)라는 구절에서 죽음이 주는 망각을 갈구한 『눈먼 올빼미』의 화자가 연상

된다. 헤다야트 역시 그것을 간절히 원했기에 한 번의 실패를 겪은 후 망각의 강을 넘은 것이 아닐까.

이 책을 번역 작업하고 옮긴이 글을 쓰면서 나는 많이 망설였다. 그 망설임 뒤에는 삶과 죽음이라는 현실에 대한 두려움이 깔려 있었다. 『눈먼 올빼미』는 여느 소설과는 달리 더 멀리, 더 깊이, 더 아프게 들어가야 하는 작품이었고, 나는 그 심연 앞에서 머뭇거렸다. 여기에는 '누구라도 한 번쯤 겪는 죽음에의 갈망'이란 표현으로 슬쩍 넘어갈 수 없는 무엇, 너무 저리고 슬픈, 벅찬 성찰을 주는 소설이다. 이 모든 것을 합해 '지독한 아름다움'이라 이름 하고 싶다.

공경희

사데크 헤다야트에 관한 다큐멘터리 영화 포스터

1950년에 찍은 마지막 사진. 이 사진을 모든 친척에게 보냄

할아버지 집 정원에 모인 형제 자매와 사촌들

형 이사와 마흐무드, 그리고 사데크 헤다야트(오른쪽)

1928년 파리에서 친구들과 함께(왼쪽)

1928년 파리에서 친구들과 함께(뒷줄 가운데)

1928년 파리에서의 사데크 헤다야트

والطبع

پشت همین درختهای سرو دنبال یکدیگر دویدیم و بازی کردیم،
بعد یکدسته از بچه های دیگر هم با ما ملحق شدند که درست
یادم نیست. سر ما تمک بازی میکردیم. یکمرتبه که من دنبال
همین لکاته رفتم نزدیک همین سرپرسورن بود پای اولنژید
ودر سر هرافتاد – اورا بیرون آوردند. بردند پشت درخت سرو
رختش را عوض بکنند منهم دنبالش رفتم. جلو اوچا در نماز
گرفته بودند اما من دزدکی از پشت درخت تمام تنش را
دیدم. اولبخند میزد وانگشت سبابه به دست چپش را میجوید،
بعد یک روپوشی سفید به تنش پیچیدندو لباس سیاه ابریشمی
اورا که از ناروه پودنازک بافته شده بود جلوآفتاب پهن کردند.

«بالاخره پای درخت کهن سرو روی ماسه دراز
کشیم، صدای آب مانند حرفهای بریده بریده و نامفهومی
که در عالم خواب زمزمه میکنند بگوشم میرسید. دستها یم
را بی اختیار در ماسه گرم و نمناک فرو بردم، ماسه گرم
نمناک را دردستم میفشردم. مثل گوشت سفت تن دختری
بودکه در آب افتاده باشد ولباسش را عوض کرده باشند.»

«نمیدانم چقدر رفت و گذشت، وقتیکه از سر
جای خودم بلندشدم بی اراده سراه افتادم، همه جاساکت
وآرام بود، من میرفتم ولی اطراف خودم را نمیدیدم، یک
قوه ای که به اراده من نبود مرا وادار برفتن میکرد همه چرا»

『눈먼 올빼미』 친필 원고

1928년 프랑스에서 친구와 함께

첫 번째 자살 시도 후 파리의 집에서

1928년 파리에서 서명해 형에게 보낸 사진

1928년 연인 테레스와 함께 파리에서

자바드 알리자데흐가 그린 사데크 헤다야트

1947년 테헤란에서

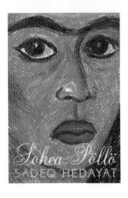

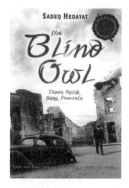

여러 나라에서 번역된 『눈먼 올빼미』 표지

사데크 헤다야트

현대의 페르시아어 작가이며 이란 최고의 작가이다. 1903년 테헤란의 귀족 가문에서 태어나 프랑스계 학교에서 공부한 후 프랑스와 벨기에로 유학을 떠났으나 도중에 학업을 포기했다. 파리에서 자살을 시도했지만 성공하지 못하고 테헤란으로 돌아온 후에는 문학에 전념했다. 프란츠 카프카, 안톤 체홉, 사르트르의 작품을 이란어로 번역하고, 단편소설과 중편소설을 비롯해 다양한 장르의 글을 발표했다. 파리에서 집필하기 시작해 7년 후 인도 여행 중에 탈고해서 출간한 『눈먼 올빼미』는 그의 대표작으로, 광기와 절망의 풍경을 초현실주의적으로 묘사해 20세기 이란을 대표하는 소설이 되었다. 이 작품에 대해 피터 박스올은 『죽기 전에 꼭 읽어야 할 책 1001권』에서 "가장 어두운 내면 풍경의 능란한 탐구이다. 그 풍경은 공포와 불길한 조롱의 묘비명의 그림자가 드리워져 있지만, 눈부신 묘사와 깊은 감동을 주는 통찰의 섬광으로 빛나고 있다."라고 평가했다. 프랑스 문학의 영향을 받아 실존주의적 성향이 강하고 카프카풍의 염세주의적인 이 소설은 이란에서는 현재까지 출판이 금지되어 있다. 헤다야트는 장편 『하지 아카』와 단편 『들개』 『세 방울의 피』 『생매장』 등으로도 높은 평가를 받았다. 하지만 우울한 성격의 소유자였던 그는 인간 실존의 부조리에 대한 염증을 느끼며 생애를 보냈다. 1951년 절망에 짓눌린 그는 테헤란을 떠나 파리로 갔으며, 그곳에서 자살로 생을 마감했다. 사후에 헤다야트는 20세기 아랍을 움직인 50인에 선정되었다.

공경희

1965년 서울에서 태어났다. 서울대학교 영문학과를 졸업하고 성균관대학교 번역대학원 겸임교수를 역임했으며 전문 번역가로 일하고 있다. 옮긴 책으로 『침묵의 행성 밖에서』 『모리와 함께한 화요일』 『매디슨 카운티의 다리』 『호밀밭의 파수꾼』 『지킬 박사와 하이드』 『우리는 사랑일까』 『파이 이야기』 등 다수가 있다.

Illustrator

Javad Alizadeh© p.5, p.208
Alaina Ferguson© p.16, p.164
Allison Huey© p.20, p.66
Natalja Lenz© p.40
Kristian Thaler© p.70
Yeonleeji© cover, p.110
Photographs© sadegh-hedayat.com

눈먼 올빼미

1판 1쇄 발행 2013년 5월 20일
1판 7쇄 발행 2024년 11월 20일
지은이 사데크 헤다야트
옮긴이 공경희
펴낸이 황재성 · 허혜순
펴낸곳 도서출판연금술사
책임편집 오하라
디자인 행복한물고기HappyFish
신고번호 제2012-000255호
신고일자 2012년 3월 20일
주소 08505 서울시 금천구 가산디지털2로 101
         한라원앤원타워 B동 1602호
전화 02-2101-0662
팩스 02-2101-0663
이메일 alchemistbooks@naver.com
페이스북 · 인스타그램 @alchemistbooks
ISBN 979-11-950261-0-4 03890

사데크 헤다야트가 그린 올빼미 그림